書下ろし

約束の月(上)

風烈廻り与力・青柳剣一郎㊿

小杉健治

目次

第一章　家督《かとく》相続　9
第二章　ご落胤《らくいん》　95
第三章　別　れ　178
第四章　父子対面　264

「約束の月」の舞台
浅草阿部川町
小間物屋『香木堂』
橋場
願山寺
待乳山聖天
根岸
不忍池
池之端仲町
駒形町
吾妻橋
新堀川
大川
押上村
筋違橋
新シ橋
両国橋
浅草御門
大伝馬町
北町奉行所
浜町堀
新大橋
二丁目
小舟町
南町奉行所
数寄屋橋
楓川
八丁堀
霊岸島
永代橋
深川
三十間堀
鉄砲洲
白根藩水沼家
上屋敷

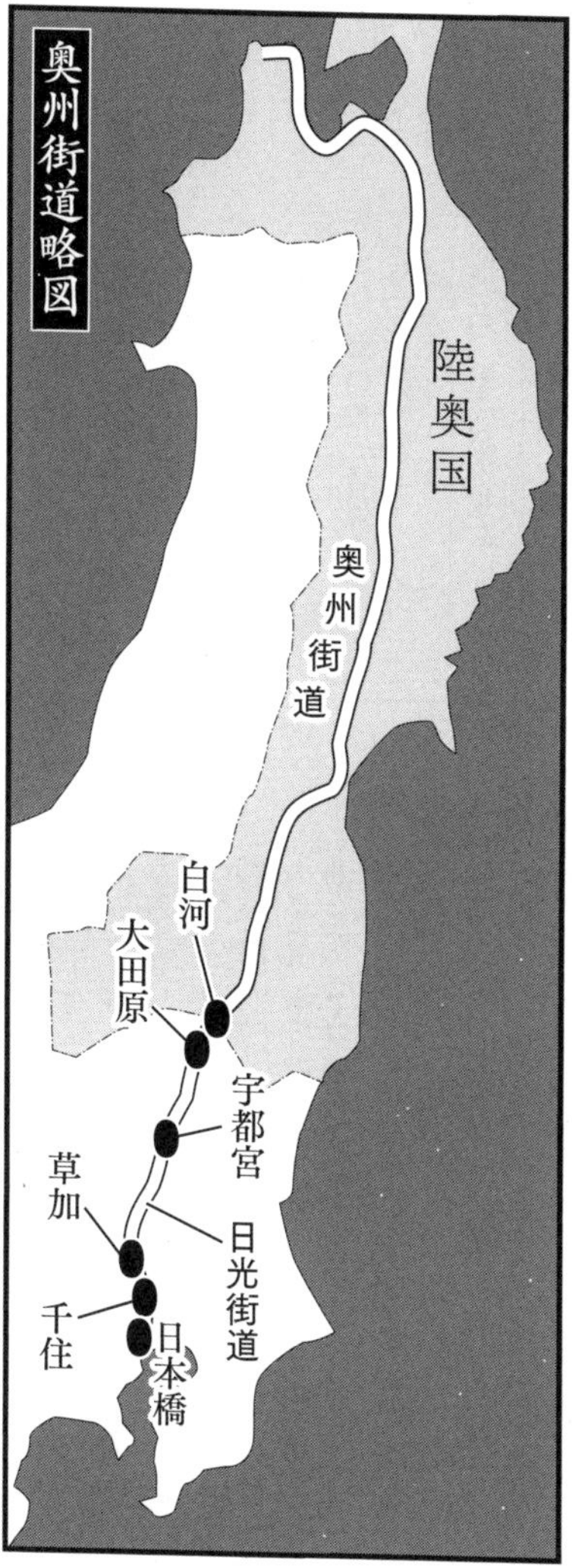
奥州街道略図
陸奥国
奥州街道
白河
大田原
宇都宮
草加
日光街道
千住
日本橋

北
西
東
南
本郷
神田川
江戸城

主な登場人物

〈青柳家〉

青《あお》柳《やぎ》剣《けん》一《いち》郎《ろう》
風烈廻り与力。柳生新陰流の達人で、賊を退治した際に頬に受けた刀傷の痕から、〝青痣与力〟と呼ばれ、市井の人々に畏れ敬われている

剣《けん》之《の》助《すけ》
剣一郎の倅。吟味方与力の見習い

志《し》乃《の》
剣之助の妻女

るい
剣一郎の娘

多《た》恵《え》
剣一郎の妻女。勘が鋭く、剣一郎を支えながら、町の女たちの悩み相談にものっている

太《た》助《すけ》
猫の蚤取りを生業にしながら、剣一郎の手先として働く

仕える

特命

〈南町奉行所〉

宇《う》野《の》清《せい》左《ざ》衛《え》門《もん》
奉行所を取り仕切る年番方与力。剣一郎の眼力を買い、難事件の探索を託す

長《は》谷《せ》川《がわ》四《し》郎《ろ》兵《べ》衛《え》
内与力。奉行の威光を盾に、剣一郎に高圧的な態度で難癖をつける

橋《はし》尾《お》左《さ》門《もん》
吟味方与力。剣一郎の幼馴染でもある

礒《いそ》島《じま》源《げん》太《た》郎《ろう》
大《おお》信《し》田《だ》新《しん》吾《ご》
風烈廻り同心。剣一郎と見回りにあたることも多い

植《うえ》村《むら》京《きょう》之《の》進《しん》
定町廻り同心。剣一郎に強い憧れを抱いている

作《さく》田《た》新《しん》兵《べ》衛《え》
隠密廻り同心。変装の達人で、剣一郎の信頼が厚い

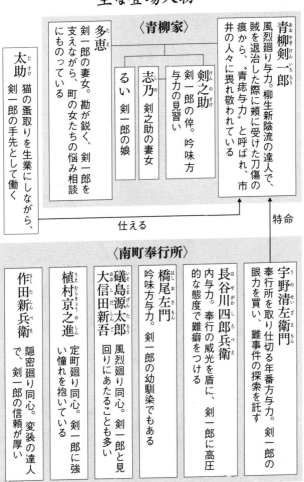

第一章　家督《かとく》相続

一

じめじめして鬱陶《うっとう》しい梅雨《つゆ》が明け、北国にもようやく本格的な夏がやってきた。連なる山の緑も濃く、燃えるような陽射しを受けて輝いている。蟬《せみ》がうるさいくらいに鳴いている。

夕方になって、筆頭家老八重垣頼茂《がろうやえがきよりしげ》は本丸御殿《ほんまる》を退出し、白根《しらね》城の天守を背にして二《に》の丸《まる》にある家老屋敷に帰った。

着替えを済ませ、居間に落ち着いた頼茂は思わず吐息《といき》を吐《つ》き、静かに目を閉じた。

今年に入って、陸奥国《むつのくに》白根藩水沼《みずぬま》家二十万石は大きな試練に見舞われて、頼茂は苦悩の日々を送っていた。

八重垣家は代々水沼家の家老を務めてきた。頼茂は四十二歳。思慮深そうな渋い顔だちだが、濃い眉の下の切れ長の目は野心に満ちたように鋭い。

藩主水沼高政《たかまさ》の嫡男高時《ちゃくなんたかとき》が十七歳の若さで亡くなったのは今年の二月はじめだった。江戸深川《えどふかがわ》の下屋敷にて食中《しょくあた》りにより、あっけなく落命した。

一時は毒殺されたのではないかという噂《うわさ》が流れた。疑いは白根藩の支藩である梅津《うめづ》藩一万石の領主水沼義孝《よしたか》に向けられた。

義孝は高政の従兄弟《いとこ》に当たる。高政には子は高時だけしかなく、その高時がいなくなれば、本家の家督《かとく》を義孝が継ぐことになる。それが、義孝に疑惑が向いた大きな理由であったが、藩主高政は健在であり、まだ四十二歳。家督を譲るにしてもまだ十年以上も先であることや、高時を検死した医師によれば毒物を飲んだ形跡はないということから、噂は立ち消えていった。

ところが、高時の死から三か月経《た》った五月はじめ、藩主水沼高政が病に倒れ、寝たきりになってしまったのだ。

回復の見込みはなく、意識はあるものの呂律《ろれつ》がまわらず言葉を満足に発せられない状態であった。もはや藩主としての役目を果たせず、後継ぎを早急に決めなければならなかった。

そこで、水沼家は幕府に対して後継問題の願書《ねがいしょ》を提出した。

当主高政病のためにご奉公ままならず、止むを得ず隠居をさせ、しかるべく後継者を選び、今後のご奉公をいたすべきご配慮を願うという趣旨の願書であった。

連日、重役が集まって会議を重ね、ようやく高政の従兄弟の義孝を推《お》すことに家中の意見もまとまり、藩主高政公に進言した。

そのことを受けて、江戸家老の市原郡太夫《いちはらぐんだゆう》が急遽《きゅうきょ》国表にやってくることになった。予定は六月十日。それに先立ち、郡太夫の使者として江戸詰《づめ》の田丸善兵衛《たまるぜんべえ》が先乗りをした。

「父上」

頼茂の長子勝一郎《かついちろう》が襖《ふすま》を開けた。十七歳になる。眉目秀麗《びもくしゅうれい》で、濃い眉と切れ長の目元は自分にそっくりだ。

「田丸善兵衛さまがお見えです」

「なに、善兵衛が？」

「はい。客間にお通しいたしました」

「すぐ行く」

微《かす》かに胸騒ぎを覚えながら、頼茂は立ち上がった。

客間で、田丸善兵衛と向かい合った。

「本日、江戸より到着いたしました」

田丸善兵衛は挨拶《あいさつ》をした。三十半ばの純朴な感じの男だ。

「着いたそうそうで疲れておるのではないか」

「いえ、だいじょうぶです」

「久しぶりだ。元気であったか」

頼茂は懐《なつ》かしそうに言う。

「はっ。やはり、江戸の暑さは堪《こた》えますが、こちらは涼《すず》しくてほっとします」

「江戸に出てどのくらいになる？」

「六年でございます」

善兵衛はもともとは国許《くにもと》にいたが、六年前から江戸詰になったのだ。

「そうか、六年になるか。早いものだ」

善兵衛は頭を下げて、

「夜分に参上したことお許しください」

と、詫《わ》びた。

「いや。気にせずともよい」

頼茂は少し痩《や》せたように見える善兵衛に言う。

「十日後には、市原郡太夫さまが国許の皆さまに江戸の考えをお話しすることになっておりますが……」

善兵衛はいくぶん身を乗り出すようにして、

「その前に、ご家老のお耳に入れておきたいことがあり、夜分に拘《かか》わらず参上いたしました」

「家督相続の件に何か問題でもあったのか」

頼茂は不審そうにきいた。

「はい。さようでございます」

長子高時が逝去《せいきょ》したのは今年の二月。そのとき高政は国表におり、死に目に会えなかった。

そして三か月後の五月はじめ、参勤交代で江戸に向かう準備の最中、高政は突然、頭が割れるように痛いと訴えて倒れたのだ。

すぐに近習医《きんじゅい》がふたりがかりで手当てをし、一命をとりとめたが、近習医のひとりが沈痛な面持《おもも》ちで、回復は望めないと口にした。

頼茂は我が事のように衝撃を受けた。高政とは同い年で、子どものころから兄弟のように仲がよかった。

　病気ひとつしなかったのに、嫡男の死が高政の病を引き起こしたのに違いないと、頼茂は思った。

「江戸表におきましても、家督は殿の従兄弟の義孝さまが継ぐことで話がついておりましたが……」

　善兵衛は言いよどんだ。

「今回、市原郡太夫どのが国表に参るのも、正式に義孝さまを世継ぎとするためと承知しておったが、違うのか」

「はい。じつは思わぬところから口出しが……」

　善兵衛は顔をしかめた。

「聞こう」

　頼茂は厳しい表情で促《うなが》した。

「先日、市原さまが老中《ろうじゅう》飯岡飛騨守《いいおかひだのかみ》さまに呼ばれました」

「ご老中に？」

　頼茂の心に不安が萌《きざ》した。

「飛騨守さまから水沼家の後継問題について、将軍家の八男家正《いえまさ》ぎみを養子にし、あとを継がせたらいかがと言われたそうです」

「なに、将軍家から」

　頼茂は耳を疑った。

「はい。将軍家と縁戚になれば、何かと援助も期待出来る。財政難も解決出来、今後の飢饉《ききん》の到来にも恐れることはなくなる。それに飛騨守さまはこうも仰《おつしや》ったそうです。家正ぎみの希望もあり、伊勢国《いせのくに》のどこかと領地替えもあり得ると」

「領地替え？」

「はい。伊勢国は気候温暖、豊かな土地ゆえ、藩の実入りも多くなると」

「で、市原どのはその気になっているのか」

「市原さまだけではありません。江戸のご家老や用人どのなど、ほとんどが将軍家より藩主を迎える気になっております」

「ばかな」

　頼茂は思わず吐《は》き捨てた。

「なぜ、そのことを早くこちらに知らせなかったのだ」

「市原さまは江戸表で意見をまとめ、その上で国表にと」

「…………」

不快な思いが頼茂の胸いっぱいに広がった。

「江戸表はみな承服なのか」

「はい。この度、市原さまが国表に参られるのもそのことをお話しするため。私に先乗りをし、根回しをしておくようにと」

「根回しか」

「はい。十日後に市原さまがお出《い》でなさるまでに、国表の重役方に将軍家より藩主を迎える話をしておくようにとのことでございます」

「では、これから重役方ひとりひとりにお話しするのか」

「さようでございます」

「なら、ここに夜分に潜《ひそ》んでくるまでもなかったではないか」

「じつは、ご家老だけにお伝えしたいことが」

「なんだ?」

「私はこの件に反対でございます」

善兵衛は言い切った。

「理由は?」

「将軍家より藩主を迎え入れることに私は反対しません。ですが、八男の家正ぎみはいけません」

善兵衛は強い口調で言った。

「将軍家より藩主を迎え入れることに異論はないのか」

頼茂は顔をしかめて善兵衛を見た。

「はい。市原さまが仰るように、将軍家と縁戚関係を持てば、この先、何かと援助が期待出来ます」

「なぜ、家正ぎみはだめなのだ？」

「好《この》ましからざる噂が。家正ぎみは性格粗暴、我《わ》が儘《まま》で、周囲は持て余しぎみだそうです。そんな御方が藩主になるなどとんでもないことです」

「家正ぎみだけはだめだということか。家正ぎみのことについて、市原どのは何と言っているのだ」

「若さゆえと。藩主になればおのずと変わると。でも、そんなはずはありません」

「で、わしにそのことを話したわけは？」

「家正ぎみはだめだということを、ご家老からぜひ訴えていただきたいのです」

「家正ぎみ以外であっても将軍家より藩主を迎えたら、ゆくゆくはどうなると思うか」

「…………」

「まあいい。今のこと、心に留めておこう」

「はっ。よけいな真似をしたこと、お許しください。ご重役方には家正ぎみのご気性の件は口にしません。市原さまに逆らう真似をしたら、叱責を受けるやもしれませんので」

「で、市原どのがお見えになるのは十日後だな」

「はい。そのとき、ご重役方との評定の場で、一切をお話しになるとのこと」

「わかった。ご苦労であった」

善兵衛が引き上げたあと、頼茂は腕組みをして考え込んだ。

ここにきて新たな難題に見舞われた。

老中飯岡飛驒守は、今もっとも権勢をふるっている人物だ。その人物の提案を撥《は》ねつけることは容易ではない。

一見、将軍家と縁戚関係を持つことは、将来にわたり御家の安泰《あんたい》をもたらすかのように思える。

だが、そうはいかない。

家正ぎみを水沼家に迎え入れるとき、おそらく供の者がいっしょに乗り込んでくるはずだ。そして、どこぞの大名の姫君を正室に推すのではないか。その姫君は飛騨守の息のかかった大名家であろう。

やがて、飛騨守は藩政にも口出しをするようになることは目に見えている。いずれ、水沼家が乗っ取られることになると、頼茂は警戒した。


翌日、頼茂は本丸御殿に上がると、藩主水沼高政の寝所に行った。ひと月前に病に倒れ、寝たきりになった高政に回復の兆《きざ》しはない。

頼茂は近習番のふたりと女中に、

「殿に確かめたいことがある」

と、告げた。

「はっ」

近習番と女中は遠慮するように離れた場所に移動した。

頼茂は痛ましい思いで高政を見つめた。

「殿」

頼茂は顔を近付け呼びかける。

高政は顔を向けた。呼べばまだわかる。だが、言葉を発しても言語は不明瞭で内容を聞き取れない。

高政の意識に届いていることを信じながら、老中飯岡飛驒守からの提案が江戸家老市原郡太夫を介してあったことを話した。

将軍家の八男家正を養子にし、水沼家を継がせるということに国表でも賛成する者が出てくるかもしれない。将軍家と縁戚になれば、何らかの援助も期待出来る。そのことに魅力を覚える者も少なくないはずだ。

だが、すでに従兄弟の義孝は家督を継ぐ気でいる。それが引っくり返されたなら、義孝に遺恨《いこん》が生まれよう。

そうなればどうなるか。飛驒守は義孝の放逐《ほうちく》を考えるかもしれない。

だが、老中の提案を無下《むげ》に拒《こば》むことは出来ない。面目《めんぼく》をつぶされたと、飛驒守がどのような仕打ちに打って出るかわからない。

「老中飯岡飛驒守の提案を受け入れれば、やがて我が御家は乗っ取られてしまいかねません」

頼茂は耳元で言う。

高政は聞こえている。頼茂はそう信じている。

「殿、思いだしてくだされ。二十年前、城下の立花町《たちばなちょう》にあった料理屋でのことを」

　頼茂は大きな声を出した。

「殿、なんでございますか」

　頼茂は耳を近付けた。

「思いだされましたか」

　高政は声にならず、口から涎《よだれ》が垂れているだけだった。

　だが、頼茂は離れた場所に控えている近習番の者に聞こえるように、

「では、その証《あかし》に短刀とお墨付きを」

　頼茂の大きな声に、近習番のふたりがざわつきだした。

「江戸にいるのですね」

　頼茂は頷《うなず》き、

「わかりました。必ず、お探しいたします」

と、大きな声で言った。

　一礼して病床を離れ、頼茂は近習番と女中の前に行った。

「ただいま、殿はだいじなことを仰られた。ことは重大であり、わしが許すまで

他言無用ぞ。たとえ、重役方であろうと話してはならぬ」

頼茂は強く言った。

「はっ」

近習番は低頭した。

頼茂が自分の用部屋に戻ると、次席家老の榊原《さかきばら》伊兵衛《いへえ》がやってきた。五十近い痩せぎすの男だ。

部屋に入るなり、いきなり切りだした。

「八重垣どの。田丸善兵衛から聞きましたか。将軍家より養子を迎えると。とんでもないことだ」

伊兵衛は興奮していた。

「市原郡太夫め。老中の飛驒守に丸め込まれたに違いない」

「榊原どの。お気持ちはわかる。私も同じです。ですが、市原郡太夫は老中の後ろ楯《だて》を得て強引にことを進めようとしてくるはず。それに対抗するためには国表の考えをとりまとめておかねばなりません。中にはその考えに賛同する者もおりましょう」

「わかりました。皆の意見をとりまとめましょう」

そう言い、伊兵衛は下がった。

頼茂はひとりになって、厳しい顔で大きく息を吸い込んで吐き出した。

夕方、頼茂は家老屋敷に戻ったあと、再び出かけた。

城下の春日町《かすがちょう》に、一刀流の片岡十右衛門《かたおかじゅうえもん》道場がある。水沼家の剣術指南役だ。かつて、頼茂もこの道場に通っていた。

「珍《めずら》しいことで」

客間で、差し向かいになった道場主の片岡十右衛門が口元を引き締《し》めて、

「何かございましたか」

と、顔色を読んできいてきた。

「わかりますか」

「さよう。昔から何か企《たくら》みがあると、表情は穏やかながら眼光が異様に光を帯びていた。もっとも、わしだけがわかることだが」

十右衛門は白くなった顎鬚《あごひげ》が長く伸び、まるで仙人のような風貌《ふうぼう》だった。

「恐れ入ります」

頼茂は軽く頭を下げた。

「家督のことで」

頼茂は切りだし、将軍家より藩主を迎えるという話が持ち上がっていることを話した。

「なるほど」

十右衛門は厳しい顔で頷いた。十右衛門は頼茂がもっとも信頼を寄せているひとりだった。

「我が殿は若き日にご城下の立花町にあった料理屋『月《つき》の家《や》』で女中をしていた女子《おなご》と懇《ねんご》ろになったことがあります」

それから、頼茂は自分の考えをすべて話した。

厳しい表情で聞いていたが、十右衛門はやがて深い溜《た》め息とともに、

「よくわかった」

「つきましては、このこと、十兵衛《じゅうべえ》どのにお頼み出来ないかと」

十右衛門の次男の十兵衛は三十二歳。文武に優《すぐ》れた男であった。

「いいでしょう」

十右衛門は手を叩《たた》いた。

女中が障子の向こうにやってきた。

「十兵衛をここに」

「はい」

女中が去って、しばらくして障子に人影が差した。

「失礼いたします」

十兵衛が襖を開けて入ってきた。

頼茂にも一礼して、十兵衛は腰をおろした。鑿《のみ》で彫ったような顔だちだ。引き締まった体も大きく、沈着冷静である。

「江戸に行ってもらいたい」

十右衛門はいきなり言った。

「江戸ですか」

十兵衛は驚いたような顔をした。

「今、水沼家に家督の件で、新たな難題が持ち上がった」

頼茂は十兵衛に説明し、

「そのことを防ぐにはやはり血筋の者を擁立《ようりつ》せねばならない。二十年前、殿はご城下の料理屋『月の家』の女中お里《さと》に手をつけ、懐妊《かいにん》させた。お里はその後、男の子を産んだ」

「お待ちください。それは……」

十兵衛が口をはさもうとしたが、

「十兵衛、聞くのだ」

と、十右衛門は反論を許さなかった。

「このままでは老中の言を聞きいれ、将軍家より家正ぎみを迎え入れなければならぬ。家正ぎみは性格粗暴、我が儘で、周囲は持て余しぎみだと聞いている。そのような人物を主君として仰《あお》ぐことは出来ぬ。それだけではない。水沼家がなくなるやもしれぬのだ。なんとしてでも、殿の血を引く者に立ち上がってもらわねばならぬ。ぜひ、名乗り出てくるように説き伏せてもらいたい」

頼茂はそう訴え、さらに続ける。

「そのお子は武士としての教えを受けていない。藩主にふさわしい男になれるように教え込んでほしい」

「…………」

十兵衛は十右衛門に顔を向けた。

「十兵衛、そなたしかいない」

十右衛門は言い切る。

「しかし、私は水沼家の家臣ではありませんが」

「いや、剣術指南役を拝命する片岡家の倅《せがれ》。水沼家に奉公をする大義は十分にあろう。また、ご家中の方々にとってもわれらとあらばよそ者とはみまい」

「じつはそなたを頼るもうひとつの理由がある」

頼茂が口を出す。

「刺客《しかく》だ」

「刺客？」

「もしこのことが知られたら、お子を亡きものにしようとする輩《やから》が現われるに違いない。敵の手から後継ぎを守るにはそなたの腕も必要なのだ」

頼茂は頭を下げ、

「どうか、水沼家のために力を貸していただきたい」

と、頼んだ。

「そこまで仰られるなら、お引き受けいたします」

「ありがたい」

「引き受けたからには命にかえてもお役目を果たしまする。江戸には私の手の者ふたりを連れて行きます。ふたりとも剣の腕は立ちます」

十兵衛は力強く言った。

「晴れて高政公のお子が国表に向かうときには、こちらからも警護の者を差し向ける」

「はっ」

十兵衛は悲壮な顔で請《う》け負った。

「改めて、そなたと細かい点で打ち合わせたい。一度、我が屋敷に来てくれ」

「畏《かしこ》まりました」

頼茂は満足して頷いた。

すべての成否は十兵衛にかかっている。頼茂は十兵衛に賭《か》けていた。

二

梅雨が明けてから連日の猛暑であった。

炎天下、青柳剣一郎《あおやぎけんいちろう》と太助《たすけ》は田原町《たわらまち》から駒形町《こまがたちょう》に出て蔵前《くらまえ》のほうに向かった。

「きーんぎょー、きーんぎょヨエー、きーんぎょ」と売り声を口にしながら、天秤棒《てんびんぼう》を担《かつ》いだ金魚売りが行きすぎると、「エー、じょうさいやでーございい」と、暑気払いの薬を売る定斎屋《じょうさいや》が薬簞笥《くすりだんす》の金具をがたがたさせながらやってくる。かなたには朝顔売りが歩いている。

「白玉売りでも通れば」

と、太助が祈るように言う。

「喉《のど》が渇《かわ》いたか」

剣一郎は声をかける。

「ええ。いえ、だいじょうぶです。でも、申し訳ありません」

「気にするな」

強い陽射しの中、ふたりが歩いていたのには訳があった。

新堀端《しんぼりばた》にある商家の内儀《おかみ》から飼い猫探しを頼まれて、太助は浅草坂本町《あさくささかもとちょう》界隈《かいわい》を探して、とある寺の境内《けいだい》に踏み入った。太助は猫の蚤《のみ》取りを生業《なりわい》にしていて、逃げた猫を探すこともしている。太助は猫の気持ちがわかるのだ。そう遠くには行っていないと考えて、周辺の寺を探した。太助の読みのとおり、本堂の床下にうずくまっていた猫を見つけた。

太助は床下にもぐり込んで猫を捕まえた。抱えて外に出ようとしたとき、不穏な話し声が聞こえてきた。

「痛めつけて、二度と動けないようにして構わないんですね」

「構わない。ただし、足がつかないようにな」

太助は猫が鳴き声を上げないように喉をなでながら、男たちの顔を見ようとした。だが、その前に男たちは離れて行った。ひとりは絽《ろ》の羽織を着た男で、もうひとりは遊び人ふうの着流しの男だ。あとをつけるかどうか迷った。猫を抱いていなければあとをつけたが、太助は山門を出て行くふたりの背中を虚《むな》しく見送った。

その夜、八丁堀《はっちょうぼり》の屋敷にやってきた太助がその話を剣一郎にしたのだ。

剣一郎は南町奉行所の風烈廻《ふうれつまわ》り与力《よりき》である。風の強い日などに火の用心のために町を巡回する。だが、剣一郎は時に定町廻《じょうまち》り同心《どうしん》が手に余る難事件に力を貸すこともある。

そして、今日、非番だった剣一郎は気になって、太助とともに坂本町の寺までやってきた。寺男にきいたが、ふたりの男には気づかなかったという。

結局手掛かりはなかった。

駒形町から蔵前のほうに向かっていると、前方から遊び人ふうの男が三人やってきた。みないかつい顔つきだ。特に真ん中の男は眦《まなじり》がつり上がり、唇《くちびる》が赤く、無気味な感じだ。三人とも二十五、六歳か。

擦れ違ったあと、太助が振り向いた。そして、立ち止まった。剣一郎も足を止めた。太助はじっと男の後ろ姿を見ている。

「どうした？」

「あの後ろ姿、昨日の男に似ています」

「よし、あとをつけよう」

剣一郎と太助は引き返した。

三人連れは風神と雷神が左右にいる雷門《かみなりもん》をくぐった。陽射しが照りつける中、参拝客はぞろぞろ歩いている。三人はまっすぐ進む。

楊枝《ようじ》店が並んでいて、どの店も美しい女が客の相手をしている。伝法院《でんぽういん》を過ぎると右手に二十軒茶屋《にじっけんぢゃや》と呼ばれる腰掛茶屋が見えてきた。ここも美人を揃えていた。

三人は女たちを茶化しながら仁王門《におうもん》をくぐった。

本堂には寄らず、そのまま奥山《おくやま》に向かう。

芝居小屋の前にはひとだかりがしていた。三人はまだ奥に進んだ。

弓場が並ぶ一帯に出た。矢場女に誘われて三人は弓場に入って行った。

「どういたしますかえ」

太助がきく。

「出てくるのを待とう」

剣一郎は少し離れた場所にある銀杏《いちょう》の樹の下に行った。日陰で男たちが出て来るのを待ったが、半刻（一時間）は覚悟しなければならなかった。

「青柳さま。さっきの男があっしが盗み聞きしたときの男かどうか、自信がありません」

太助は気弱そうに言う。

「いや、太助の直感を信じよう」

「でも、外れていたら」

「そのときはそのときだ」

「へえ」

太助は元気を取り戻した。

夕七つ（午後四時）ごろ、三人は弓場から出てきた。

奥山を出て、東本願寺《ひがしほんがんじ》前を通って新堀川《しんぼりがわ》に向かう。

菊屋橋《きくやばし》を渡って、すぐ左に折れた。

阿部川町《あべかわちょう》の町筋に『香木堂《こうぼくどう》』という小間物屋があった。間口は狭いが、小粋な感じの店だ。香の匂《にお》いがただよっている。

三人の男は店先を覗《のぞ》き込んだ。すると小柄な男だけが店に入って行った。他のふたりは川っぷちまで戻った。

すぐに小柄な男が戻ってきた。

それから三人は来た道を戻った。路地から出て、太助に三人のあとをつけさせ、剣一郎は『香木堂』に行った。

ちょうど、『香木堂』から手代らしい二十歳前と思しき男が出てきた。すらりとして、涼しげな目で引き締まった顔立ちだ。

剣一郎は男のあとをつけた。男は来る途中にあった寺の山門をくぐった。

すると太助がやってきた。

「三人は境内にいます」

「よし」

剣一郎と太助は境内に入った。陽は傾いたが、西陽が厳しい。境内に人気《ひとけ》はなかった。

本堂の裏に向かった。ひとの争う声が聞こえた。

剣一郎は駆けつけた。そこで思いがけぬ光景を目にした。手代ふうの男がごろつきふうのふたりの男を投げ飛ばしたのだ。

眦がつり上がり、唇が赤くて無気味な感じの兄貴分らしい男が匕首《あいくち》を構えた。起き上がったふたりも匕首を取り出した。

「待て」

剣一郎は飛び出した。

四人ははっとしていっせいに顔を向けた。

「おまえは何者だ？」

剣一郎は兄貴分の男に問い質《ただ》す。

「お侍さんは引っ込んでもらえませんか」

「そうはいかぬ。わけを話せ」

「うるせえ」

匕首を振り回しながら、眦がつり上がった男が剣一郎に迫った。身をかわし、剣一郎は相手の手首をつかんでひねった。

「いてっ」

男は悲鳴を上げた。

剣一郎が編笠を押し上げた。

「あ、青痣《あおあざ》」

「なぜ、この男を襲ったのだ？」

「頼まれたんだ」

「誰からだ？」

「………」

「言えないのか」

剣一郎は更に手首をひねった。

「『飛鳥屋《あすかや》』の若旦那だ」

「なぜ、若旦那が？」

「知らねえ」

「そうか。もう二度とばかな真似はするな。いいな」

「わかった」

「よし。最後にそなたの名を聞いておこう」

「又蔵《またぞう》だ」

「よし、今日のところは見逃してやる」

剣一郎は手首を放した。

男は手首をさすりながらあとずさり、いきなり駆けだした。あとのふたりも逃げだした。そのあとを、太助がこっそりつけて行った。

「危ういところをありがとうございました」

手代ふうの男が礼を言う。

「いや。わしが助けに入るまでもなかったようだ。柔術の心得があるようだな」

「いえ、子どものころに少し習っただけです」

「そなたは『香木堂』の者か」

「どうしてそのことを?」

男は驚いたようにきく。

「さっきの連中のあとをつけていたのだ」

剣一郎は経緯を話した。

「そうでしたか。私は『香木堂』で手代をしております清太郎《せいたろう》と申します」

「どういうわけで誘いに乗ったのだ?」

剣一郎はきいた。

「はい。『飛鳥屋』の若旦那がこの寺で待っているからと」

「『飛鳥屋』とは田原町にある足袋《たび》問屋だな。そこの若旦那とはどういう関係なのだ？」

「それが……」

一瞬迷ったようだが、清太郎は口を開いた。

「『香木堂』のお嬢さまのお絹《きぬ》さんに気があるようで」

「なるほど。お絹はそなたと恋仲なのだな」

剣一郎は微笑《ほほえ》んだ。

「はい」

清太郎は頷き、

「さっきの男はお絹さんから手を引けと脅《おど》してきました。私ははっきり手を引かないと」

と、声を震わせた。

「それでこのような真似を」

剣一郎は言ったが、

「しかし、妙だな」

と、首をひねった。

「『飛鳥屋』の若旦那の名で呼び出せば、誰の仕業《しわざ》かわかってしまうではないか」

剣一郎は疑問を呈《てい》した。

「それに、さっきの男もあっさり『飛鳥屋』の若旦那から頼まれたと白状した。解《げ》せぬ」

「そうですね」

清太郎も不審そうな顔になった。

「『飛鳥屋』の若旦那以外に、そなたと確執がありそうな者に心当たりはないか」

「もうひとり、『近江屋《おうみや》』の次男坊の覚次郎《かくじろう》さんもお絹さんに。『近江屋』さんは駒形町にある薪炭《しんたん》問屋です」

「『近江屋』の覚次郎か。ところで、『飛鳥屋』の若旦那の名は？」

「栄太郎《えいたろう》さんです」

「わかった」

剣一郎は頷き、

「念のために調べてみよう」

「ありがとうございます」

清太郎は丁寧《ていねい》に頭を下げた。

「では、私はお店に戻らねばなりませんので」

「あと、もうひとつ」

剣一郎は呼び止めた。

「又蔵たちはそなたを襲う前に奥山の弓場で遊んでいた。なぜ、すぐにそなたのところに行かなかったのだろうか」

「おそらく、昼過ぎから夕七つまでは、私が当番で店を出られないからだと思います」

「なるほど。又蔵たちはそのことを知っていたのか」

「そうだと思います」

「わかった」

「失礼します」

改めて頭を下げて、清太郎は去って行った。

「あの男、確固たる何かを持っている。自分の中に明確な生きる支えがあるのだろう。町人でありながら珍しい」

剣一郎は感心しながら見送った。

その足で、剣一郎は田原町に向かった。

目抜き通りに、大きな足形の看板が目につく。『飛鳥屋』は間口が広く、紺《こん》の長い暖簾《のれん》がかかっていた。

土間に入ると、店座敷には何人もの奉公人が客を相手にしていた。店の壁際には小抽斗《こひきだし》の箪笥が並んでいて、客の求めに応じて小抽斗から足袋を取り出している。

番頭が近づいてきた。

「いらっしゃいまし」

「若旦那の栄太郎に会いたい」

剣一郎は編笠をとって言う。

「青柳さまで。すぐ呼んで参ります」

番頭は剣一郎の左頬《ほお》の青痣を見て急に畏まった。

剣一郎の左頬には若いころの武勇伝の名残《なごり》がある。

若いころ、町を歩いていてたまたま押込みに遭遇《そうぐう》したとき、単身で踏み込み、数人の賊《ぞく》を退治した。そのとき頰に受けた傷が青痣となって残った。その後、数々の難事件を解決に導いたことによって、青痣は勇気と強さの象徴として江戸のひとびとの心に深く刻み込まれていった。

店の片隅で待っていると、番頭と色白の二十三、四歳と思える男がやってきた。中肉中背で、いかにも商人らしい雰囲気だ。

「栄太郎か」

剣一郎は確かめる。

「はい」

栄太郎は訝《いぶか》しげな顔を向けた。

「『香木堂』の手代清太郎を知っているか」

栄太郎は顔をしかめ、

「知っています」

と、答えた。

「どういう関係だ？」

「知っているというだけで、付き合いはありません」

「又蔵という男は？」

「又蔵ですか。いえ、知りません」

栄太郎はまっすぐ目を向けて答える。

「そうか」

「何かあったのでしょうか」

「ついさっき、清太郎が又蔵というならず者に襲われた。清太郎は『飛鳥屋』の若旦那が待っているからと呼び出されたのだ」

「…………」

「ことなきを得たが、又蔵は『飛鳥屋』の若旦那から頼まれたと言った」

「とんでもない。私はそんなことをしていません」

栄太郎は必死に弁明した。

「そなたと清太郎は『香木堂』のお絹をめぐって恋のさや当てがあるようだが」

「そのことは否定しませんが、私はそんな真似はしていません。それに、お絹さんの気持ちは清太郎に向いています。私の出る幕はありません」

「信じよう」

剣一郎は言い、

「何者かがそなたの名を騙《かた》った。何か心当たりはないか」

と、きいた。

「わかりません。不用意に口にして違っていたらたいへんですから」

「そうか。わかった。今後、何か不審なことが起こったら自身番を通してわしに知らせるように。邪魔をした」

「青柳さま」

栄太郎は真剣な眼差《まなざ》しで、

「清太郎は私の仕業だと思い込んでいるのでしょうか」

「いや。そなたの名を出して誘《おび》き出したことに違和感を持っている。案じることはない」

「はい」

栄太郎は頭を下げた。


その夜、夕餉《ゆうげ》を済ませて居間に戻り、剣一郎は濡《ぬ》れ縁《えん》に出た。夜になっても蒸し暑さは引かなかった。風もなく、軒下の釣《つ》りしのぶの風鈴もぴたりと動きを止めている。

部屋に戻ってしばらくして、庭先に太助が現われた。汗をびっしょりかいていた。

「ごくろうだった」

剣一郎は太助を労《ねぎら》った。

「又蔵は車坂町《くるまざかちょう》の長屋に入っていきました」

「そうか。そのうち、訪ねてみよう」

結果的にはたいしたことなく済んだが、背後で何かを企んでいる者がいるのならこのままで済ませるわけはない。

「太助、風呂に入って飯を食ってこい」

「とんでもない。風呂だなんて」

「遠慮するでない」

太助は子どものときに親を亡くし、ひとりで生きてきた。母恋しさに悲嘆にくれているとき、たまたま通りかかった剣一郎が声をかけ、励ましたことがあった。

ある事件がきっかけで、剣一郎は太助と再会した。昔、励まされたことを恩義に感じていた太助は、剣一郎の手先となって働いてくれるようになった。

「あら、太助さん」

多恵《たえ》がやって来て、庭先に立っている太助に声をかけた。

「何をしているのですか。早くお風呂に入って、夕餉をすませなさい」

多恵も剣一郎と同じことを言った。

「さあ、勝手口にまわって」

多恵は太助を急《せ》かすように言う。

「じゃあ」

太助は剣一郎に頭を下げて台所のほうに向かった。

「ちょっと見てきます」

多恵は部屋を出て行った。

多恵も気にいり、太助は今では家族同然になっていた。

三

六月十日。江戸より、江戸家老市原郡太夫の一行が到着した。

筆頭家老八重垣頼茂のもとへ挨拶にやってきた。郡太夫は四十歳、鋭い顔だちで恰幅《かっぷく》がいい。心なしか、尊大な態度に思えた。老中の後ろ楯を得て、自信に満ちているのかもしれない。

「長旅ご苦労でござった」

頼茂は声をかける。

「すでに、田丸善兵衛よりお聞き及びかとも存じますが、御家の行く末を決める大事なとき。長旅などなんともありません」

郡太夫は鷹揚《おうよう》に答える。

「国表はいかがですかな」

「江戸とは違い、静かでございますな」

江戸家老の家に生まれ、代々家老職にある。国表に来ることなどほとんどといってなかった。

「さっそくでございますが、殿にお目にかかれましょうか」

「寝たきりで、だいぶおやつれになった。意識もなく、誰が来たかもわからない。ただ遠目にお会いするだけで」

「心得ております」

頼茂は近習番を呼び、高政の寝所へ郡太夫を案内させた。

思ったより早く、郡太夫が戻ってきた。

「殿があのようになっていたとは」

郡太夫は痛ましそうに言い、

「去年の四月、江戸を離れるときはあれほどお元気であったのに」

「高時さまのことがかなり痛手であったのであろう」

頼茂はしんみり言う。

「ところで、さっそく評定を開きたいのですが」

郡太夫はもう高政の病状のことなど忘れたように言う。

「では、招集しましょう」

頼茂は言った。

それから四半刻（三十分）後、松葉の間に重役たちが集まった。

床の間を背に、頼茂と郡太夫が並び、向かい合わせに次席家老の榊原伊兵衛ら重役連中十人が座についた。末席に田丸善兵衛もいる。

「一同、ごくろうでござる」

頼茂が口を開く。

「すでに、田丸善兵衛よりお聞き及びと存ずるが、本日は江戸家老市原郡太夫どのから改めて提案を伺い、その上で各々方の存念《ぞんねん》をお聞かせ願いたい」

頼茂は一同を見まわし、

「よろしいな。では、市原どの」

と、促した。

郡太夫は居住まいを正した。頼茂より二つ年下だが、老成した雰囲気だ。

郡太夫は静かに口を開く。

「嫡男高時さまが不慮の死を遂げられたこと、まことに我が水沼家にとって受け入れがたい事実でござる。他に嫡流の者がなければ、殿の従兄弟である義孝公に代を譲ることは考えられなくもない。しかし、老中飯岡飛騨守さまの労により将軍家から養子を迎えることが出来るとあらば、このことこそ水沼家の将来の安泰につながりましょう」

嫡男高時が亡くなったあと、老中飯岡飛騨守から提案があったと、郡太夫は言った。将軍家の八男家正を養子にし、あとを継がせたらいかがと。将軍家と縁戚になれば、何かと援助も期待出来る。この提案に真っ先に乗ったのが市原郡太夫だった。

「家正ぎみを我らが主君とすれば、財政難も解決出来、今後の飢饉の到来にも恐れることはなくなる。それに飛騨守さまはこうも仰っている。家正ぎみの希望もあり、伊勢国のどこかと領地替えもあり得ると」

郡太夫はここぞとばかり声を張り上げた。

「伊勢国は気候温暖、豊かな土地ゆえ、我が藩の実入りも多くなる。諸々を考慮すると、将軍家よりお世継ぎを迎えることが我が藩にとって望ましいのではあるまいか」

　さらに郡太夫は続ける。

「この申し入れが飛驒守さまからあったことも大きい。飛驒守さまはまさに権勢を誇る御方。この方の後ろ楯があれば我が水沼家は……」

「あいや、お待ちを」

　すかさず、次席家老の榊原伊兵衛が口をはさんだ。

「ご老中飛驒守さまの仲立ちにて将軍家より主君を迎えることは、今後の当藩の藩政に飛驒守さまが口を入れられることになりますまいか。また、家正ぎみに付き従い、お付きの者も何人か来られましょう。我らはその者たちに使われることになるのでは」

「そのようなことはない」

　郡太夫は否定した。

「いや、これが我が殿に姫君がおられ、その婿《むこ》になられるのならともかく、養子に入った後、どこぞから正室をお迎えになられましょう。そのとき、また飛驒守さまの息のかかった御方のご息女が嫁《か》してこられたら、もはや我が藩は水沼家とは名ばかり、まったく別の家になってしまうのではありますまいか」

「水沼家は残る」

郡太夫は鋭く言う。

「家名しか残りませぬ。まして、領地替えでここを去れば、なおさら水沼家の歴史が終わってしまいます」

伊兵衛は身を乗り出して、

「この地は先祖代々の墓もあり、なにより我が殿は領民を慈《いつく》しんできました。その領民を捨てて、余所《よそ》の土地に行くことは納得いきません。ここは、殿の従兄弟であられる義孝さまを主君にいただくのが……」

「だまられよ」

郡太夫が大声を張り上げた。

「殿の実の兄弟ならばともかく、従兄弟ではないか。いずれにしろ、これまでの水沼家とは違うことに変わりはない。これからのことを考えたら、将軍家と縁戚関係を持つことこそ最善ではないか」

「いや、義孝さまであれば大きく変わりませんが、将軍家から招くことは家風も一変しましょう」

伊兵衛も負けずに言い返す。

「いいではないか」

郡太夫は一同の顔を見て、

「将軍家の後ろ楯を得ながら、新しい水沼家を作り上げるのだ」

と、不遜《ふそん》な言い方をした。

「我らは水沼家に恩顧《おんこ》を受けた者。殿のお気持ちを思えば今の水沼家を残すことこそ忠義と……」

伊兵衛は声を詰まらせた。

「殿のお気持ちを思えば、義孝さまこそあり得ないのではないか。兄弟でありながら、おふたりのお父上同士は犬猿の仲だった。きっと義孝さまを後継ぎにすることを望んではおらぬ」

郡太夫は決めつけた。

「ご家老のご意見は？」

用人の貝原勘三郎《かいばらかんざぶろう》がきいた。

それまで黙って聞いていた頼茂は、おもむろに口を開いた。

「じつは各々方には黙っていたが、十日ほど前、殿から重大な話を聞かされた」

「重大な話ですと」

伊兵衛が真顔になった。

「二十年前、殿はご城下のとある料理屋の女中に手をつけられ、身籠もらせた。女は実家に帰って男児を産んだ。そのとき、父子の証として短刀と御墨付きを渡した」

「なんと」

郡太夫がうろたえた。

「それはまことですか」

伊兵衛が愁眉《しゅうび》を開いたようにきく。

「まことです。当時、私も殿といっしょにその料理屋に遊びに行っていた。殿がその女子に夢中だったことを覚えている」

「そのお子は見つかったのですか」

伊兵衛がきいた。

「今、探しているところだ」

「で、見つかりそうなのですか」

「心当たりはあります」

「どこに？　御領内か。それとも他の土地か」

　郡太夫が焦ったようにきく。

「それは言えない」

「なぜか」

「万が一を考えてです。不届き者が現われないとも限りませんので」

　頼茂は平然と答える。

「不届き者とは？」

「殿のお子とはいえ、女中に産ませた子を主君と仰ぐことを嫌う者が阻止せんとして刺客を送ったりするやもしれぬでな。身の安全のためにも秘密にする必要があった」

「もし、殿のお子とわかったら、当然後継ぎということになるのでござるな」

　伊兵衛が確かめる。

「もちろん、そうあるべきです。たとえ母が誰であろうと、殿のお子であるなら水沼家二十万石の当主になるべきであろう」

　頼茂は一同を見まわして言う。

「しかし、妙だ」

郡太夫が異を唱えた。

「殿は口もきけない状態ではないですか。二十年前の子どもの話など出来るはずないのでは」

「いや。十日ほど前は不明瞭ながら口をきくことが出来た」

「殿の容態から、信じられぬ」

郡太夫が強い口調で言う。

「幼いときから接してきたわしにはわかるのだ」

頼茂は言い、

「短刀と御墨付きを持っていれば本物とわかる。それまで、世継ぎの件は棚上げにしてもらいたい」

「確かに殿と血が繋《つな》がっておるとわかったとしても、君主たる教えを受けずに育った者が、藩主としてやっていけようか」

郡太夫が異を唱えた。

「その点ならば、我らが手助けをすれば問題はありますまい。そのうち、お振る舞いを覚えていくでしょう」

「いや。十九歳になるまで町人の子として育った者に藩主が務まるとは思えぬ。この先の御家のことを考えたら、将軍家より迎えることが……」

「市原どの」

　頼茂は相手を制した。

「殿の実のお子の存在が明らかになった今、もはや議論の余地はなかろうと存じる」

　と、ぴしゃりと言った。

「水沼家の今後を考えて申しておるのだ」

「水沼家の今後を考えるなら、血の繋がったお子に継いでもらうのが最善ではないか。榊原どのが言っているように、将軍家より養子を迎えたら、藩政への口出し、重役の送り込みなど、徐々に水沼家ではなくなっていきましょう」

「それは考え過ぎというもの」

「それに、将軍家から援助が期待出来ると言われるが、その前に将軍家から養子をもらうとなれば、それなりの支度《したく》をせねばならぬ。新しい御殿も必要かもしれず、そのための多大な出費を覚悟せねばならぬであろう」

　頼茂はさらに付け加えた。

「もうひとつ大事なことがござる。飛驒守さまが何のために水沼家にそこまでするのか。よくよく考えねばならぬ」

頼茂はきっぱりと言った。

「どうしてもお考え直しいただけませぬか」

「もし、将軍家の家正ぎみが水沼家を率いるようになったら、私などまっさきに左遷《させん》、あるいは隠居させられそうですな。市原どのはいかがか。安泰であるか」

頼茂は皮肉を言うと口元を歪《ゆが》めて笑った。

「…………」

郡太夫は厳しい顔で頼茂を睨《にら》んでいた。

「ともかく、本物かどうかを確かめるまで、結論は先延ばしにしていただきたい」

「いつまででござるか」

「そうだな、あとひと月」

「ひと月……」

「もし、そのお子に藩主たる素養がないとわかったらいかがなさるのか」

榊原伊兵衛がきいた。

「我らが支えれば問題はないと存ずる」

「これでは私が江戸からやってきたのは、無駄骨だったことになるではありませんか」

郡太夫が不満を口にした。

「いや、そうではありますまい」

頼茂は首を横に振り、

「市原どのは世継ぎ問題を協議するために参ったのではないか。その任は十分に果たせたはず。もっとも、将軍家より藩主を迎えることを決めるためだとしたら、無駄骨だったことになるやもしれぬが」

「…………」

「何か、問題でも？」

頼茂は不満顔の郡太夫にきいた。

「将軍家より養子をという話は老中飯岡飛驒守さまから持ち込まれたもの。もし、拒めば面目をつぶされたと……」

「あいや、待たれよ」

頼茂は手を上げて相手の声を制した。

「これは我が水沼家の問題である。飛驒守さまに忖度《そんたく》する必要はないと存ずるが」

「なれど、今後、我が水沼家に対して厳しく当たることも考えられましょう。たとえば、幕府のご普請《ふしん》を割り当てられるとかのいやがらせも」

「そのような御方なら、ますます水沼家に入り込んでもらいたくはない」

頼茂は激しく言い捨てた。

郡太夫は口を開きかけたが、頰を歪めただけで何も言わなかった。

四

浅草阿部川町にある小間物屋『香木堂』は間口も狭い小さな店だが、構えは小《こ》綺麗《ぎれい》で、五人いる奉公人も皆親切だというので評判もよく、繁盛していた。

そんな中で、手代の清太郎は女の客から人気があった。物言いも穏やかで、愛想もよかった。

「この簪《かんざし》は江戸でも三本の指に入る錺《かざり》職人の亀次郎《かめじろう》の作でございます」

清太郎は、音曲《おんぎょく》の師匠の音太夫《おんだゆう》に花柄の透かし彫りの簪を差し出す。

音太夫は簪を髷《まげ》に挿した。

「どう?」

「お似合いです」

「そう。じゃあ、これいただこうかしら」

「はい」

「今から出かけるから、品物はあとで弟子に受け取りにこさせるわ。お金はそのときに」

「畏まりました」

店の外まで見送りに出る。

「ありがとうございました」

清太郎は店に戻った。

その後も鬢《びん》付け油や白粉《おしろい》などを買い求める客がやってきて、忙しかった。

暮六つ（午後六時）をまわってようやく暖簾《のれん》を仕舞う。

店の大戸を閉めたあと、番頭が帳場机に向かい、大福帳を広げた。清太郎もそばに控える。

今日の売上げの計算をし、銭函《ぜにばこ》の金と照合する。その間にもうひとりの手代とふたりの小僧が店を掃除《そうじ》した。

計算が終わり、番頭が大福帳を持って主人の部屋に向かった。

台所の脇の板場で夕餉をとったあと、清太郎は店を抜け、新堀川に行った。

新堀川の柳の下に、赤い着物が月影に映し出されていた。清太郎は駆け寄った。

「待ちましたか」

清太郎はお絹の前に立った。

「少し」

お絹は笑った。

広くきれいな富士額《ふじびたい》で、小さい顔に目がくりっとして愛らしい。十七歳で、清太郎より二つ下だ。

「清太郎さん。驚かないでね」

「何をですかえ」

「私たちのこと、おとっつあんに話したの」

「えっ」

いつかふたりで打ち明けようと話していたので、清太郎は驚いた。

「違うの。今日、おとっつあんのほうからきかれたの。清太郎とはどうなっているのだと。だから、はっきり言ったの。私、清太郎さんといっしょになりたいって」

「旦那さまは？」

「もちろん、許してくれたわ」

「ほんとうに？」

信じられないように、清太郎はお絹の顔を見た。

「おとっつあんは私の気持ちを第一に考えてくれているわ」

「そう……」

「どうしたの？」

「信じられないんだ」

「でも、ほんとうよ。おとっつあんも清太郎さんのことを気に入っているんだもの」

「夢みたいだ」

清太郎は信じられないように言う。

「旦那さまは、お絹さんの婿は大店《おおだな》から迎えようとしているのかと思っていたので」

「ええ。そうだったみたい。でも、私の気持ちを考えてくれて。義母《はは》も、賛成してくれたのよ」

「そうですか」

お絹の母は五年前に病死し、三年前に旦那は若い後添いをもらった。その義母も賛成したということが信じられなかった。

「ただ、すぐ祝言を挙げるわけにはいかないんですって。いろいろあって」

お絹に持ち込まれた縁談はたくさんある。それらを角が立たないように手当してからということだろう。三日前、ごろつきに襲われた。『飛鳥屋』の若旦那から頼まれたというのは嘘だろう。誰かが『飛鳥屋』の若旦那のせいにして清太郎に危害を加えようとしていたのだ。

「お絹さん」

清太郎は思わずお絹の手をとり、

「きっと、お絹さんを生涯守っていく」

と、口走った。

その夜、清太郎は興奮してなかなか寝つけなかった。

翌日の朝、店の掃除をしていると、主人の重吉《じゆうきち》が近寄ってきた。

「清太郎」

「はい」

「じつは、昨日の日中、おまえのおっかさんがやってきてな。大事な話があるので家に帰してもらいたいと言ってきた」

「おっかさんがですか」

清太郎は訝った。

「きょうは一日休みをやる。帰りなさい」

「わかりました」

清太郎は応じて、店を出た。

清太郎の家は浅草聖天町《しようでんちよう》で、待乳山《まつちやま》のそばにある。

長屋に帰ると、母が待ち兼ねたように出迎え、

「これから出かけます」

と、言った。

「どちらへ？」

「願山寺《がんざんじ》さんです」

「願山寺？」

わけをきいても、母は教えてくれなかった。

わけがわからないまま、清太郎は母に連れられて、橋場《はしば》にある願山寺の山門をくぐった。それほど広くない境内の正面にこぢんまりした本堂があり、その脇に庫裏《くり》があった。母は庫裏に向かった。

庫裏の土間に入ると、若い僧侶が出てきて、渡り廊下で繋がった客殿に案内した。

「どうぞ、こちらに」

若い僧侶は廊下の奥の部屋を示した。

母は襖をあけ、

「失礼します」

と言い、部屋に入った。清太郎も続く。

三十過ぎと思える体の大きな侍が待っていた。母と清太郎は腰をおろし、その侍に挨拶をした。

裏庭に面した障子は開け放たれていて、微かに風が入ってくる。

「ごくろうさまです」

侍は母に丁寧に会釈をしてから清太郎に顔を向けた。鑿で彫ったような顔だちだ。三十二、三歳と思えた。

「陸奥国白根藩水沼家の剣術指南役片岡十右衛門の次男で、片岡十兵衛と申します」

十兵衛は静かに名乗った。

「ご挨拶を」

母が清太郎に言う。

「はい。清太郎にございます」

「健やかに成長されたようで」

十兵衛は感極まったように言う。

「私のことを御存じなのですか」

清太郎はきいた。

「はい。じつは、あなたさまをお迎えに参りました」

いきなり、十兵衛が言う。

「迎え？」

事情がわからず、清太郎は戸惑《とまど》いながら、

「迎えってどこに？」

と、きいた。

「陸奥国白根藩水沼家にでございます」

なぜ、この侍は自分に丁寧な言葉づかいをするのか。

「おっかさん。どういうことですか」

「清太郎、あなたは陸奥国白根藩藩主水沼高政さまの血を引く身なのです」

「なんですって」

清太郎は耳を疑った。

「驚くのも無理はありません」

母が続ける。

「私は白根藩のご城下の料理屋『月の家』に女中として働いておりました。二十年前、当時、若君だった水沼高政さまがよく遊びにいらしていたのです。いつしか深い間柄になり、あなたを身籠もりました。私は在方の実家であなたを産みました。誕生のあと、高政さまは実家までこられて、あなたを抱き抱えてくれました。ですが、あなたをお屋敷に引き取るわけにいかず、そのまま別れました。そのとき、我が子である証に短刀と御墨付きをくださいました。これがそうです」

　母は懐から短刀と書付を出した。

「………」

　清太郎は言葉を失っていた。

「清太郎さま。じつは後継ぎであられたあなたさまの弟にあたる高時さまが、今年の二月に急逝されました。三月《みつき》後の五月に藩主高政さまも病に倒れ、もはや藩政を行なうことはできぬ身になられました。水沼家を継ぐのはあなたさまだけ」

「私にどうしろと？」

「白根藩水沼家の藩主として……」

「冗談じゃありません。私にそんな力量はありません」

　清太郎は拒否し、

「それに、私は今の暮らしに満足しています」

　と、言い切った。

「清太郎。あなたの気持ちはわかります。でも、水沼家の家中の方々や白根藩の領民の暮らしがあなたの双肩《そうけん》に掛かっているのです。あなたはそういう運命のもとに生まれてきたのです」

母は説き伏せる。

「そんな」

清太郎は憤然として、

「『香木堂』の旦那さまは私と娘のお絹さんの仲を認めてくださったのです。お絹さんと所帯を持って『香木堂』を守っていくことが私の使命だと思っています」

と、言い切った。

「『香木堂』の旦那は……」

母が言いさした。

「なんですか」

「いえ」

「仰ってください」

「『香木堂』の旦那はお絹さんの婿を大店から迎えようとしているのです」

「いえ、違います。お絹さんが言ってました。私たちの仲を認め……」

清太郎は途中で声を呑み込んだ。

「おっかさんは旦那さまに私のことを話したのですか」

「水沼家のことは話しませんよ。ただ、事情があり、あなたが江戸を離れることになったとは告げました」

「じゃあ、旦那さまは私がお店を辞めることを承知でお絹さんにあんなことを」

清太郎は愕然《がくぜん》とした。

重吉はお絹から反発されることを恐れ、あえて清太郎との仲を許すと言った。清太郎からお絹に別れを告げさせるためだ。

清太郎は肩を落とした。

「清太郎さま、お聞きください」

十兵衛が身を乗り出す。

「老中飯岡飛騨守さまが水沼家の世継ぎ問題に口を入れてきました。将軍家より養子をとり、藩主とするものです。将軍家と縁戚関係を持てば、水沼家に何かと便宜を図ってもらえる。一見よいように思えますが、その養子はいずれ他の大名家から正室を迎えることになりましょう。つまり、水沼家の血筋が絶えることになります」

そんなこと自分には関係ないことだと、清太郎は思った。

「さらに飛騨守さまも藩政に口出しをするようになりましょう。それより、将軍家より招こうとする養子はご気性荒く、冷酷な御方だという評判だそうです。将軍家でも持て余しているとのこと。そんな御方が白根藩の藩主になれば、ご家来衆のみならず、領民にとっても不幸」

十兵衛は少し間を置き、

「どうか、水沼家のため、領民のためにご決断を」

と、迫った。

「私のことはお忘れください」

「殿さまと血の繋がりがあるのは清太郎さまだけです。清太郎さまが拒めば、水沼家は飛騨守さまの言い分を呑まざるを得なくなります」

「そんなことをいわれても」

清太郎は首を横に振り、

「『香木堂』の旦那さまはほんとうは私との仲を認めていないのかもしれませんが、私とお絹さんは強い絆《きずな》で結ばれているのです。どんな形であれ、私はお絹さんを一生守っていくと約束をしたのです。この約束を破るわけにはいかないのです」

「清太郎」

母が諫《いさ》めるように、

「あなたはほんとうにお絹さんの仕合わせを願っているのですか。それとも、自分のためにお絹さんを……」

「もちろん、お絹さんの仕合わせのためです」

「『香木堂』の旦那があなたを婿として迎えると思いますか。あなたがお絹さんを連れて『香木堂』を出るしか、ふたりが結ばれる道はありません。それがお絹さんのためになるでしょうか。お絹さんに長屋暮らしをさせるつもりですか」

「…………」

清太郎は反論出来なかった。

「清太郎。あなたは武士の子なのです。あなたに流れているのは武士の血です。水沼家の苦境を見て見ぬふりをして、お絹さんを仕合わせには出来ません」

母はぴしゃりと言った。

「今夜一晩考えたい」

清太郎は肩を落とした。

父がどんなひとだったのか、自分は父に似ているのかなど、子どものころに父のことに思いを馳せたことはあった。だが、今さら生きていたと聞かされても実感はわかない。まして、大名だなんて戸惑いしかなかった。

「よいでしょう」

母は言い、

「明日、『香木堂』の皆さんやお絹さんにお別れを言ってきなさい」

「おっかさん。酷《ひど》いことを」

清太郎ははじめて母を恨んだ。

「これもあなたのため、水沼家のためです」

母は冷酷に言い放った。

「これほど言っても頑固に拒むなら私にも覚悟があります。殿さまに顔向け出来ません。死んでお詫《わ》びを申し上げます」

「おっかさん」

清太郎は目を剝《む》いた。母の顔は自分が知っている母とはまったく別人だった。

「清太郎。母は真剣です。あなたは明日からこの部屋で寝起きをし、十兵衛どのの指導によりひと月間、武士としての立ち居振る舞いを学ぶのです。その上で、白根藩に向かうことになるそうです」

清太郎は、母の言葉を身を硬くして聞いているだけだった。

翌日、清太郎は『香木堂』に戻った。

店先にいた番頭があわてて、

「清太郎」

と、駆け寄った。

「いったい、何があったのだ？」

番頭は少し尖《とが》った声で、

「清太郎が急にお店を辞めることになったと、旦那さまから聞いた。そんなことと、一言も言っていなかったではないか」

「申し訳ありません。よんどころない事情で」

清太郎は頭を下げた。

「江戸を離れるってほんとうか」

「はい。おっかさんの国に」

「寂しくなるな」

「番頭さんには本当にお世話になり、感謝しています」

番頭には小僧のときから仕事を教わるなど、よくしてもらっていた。

「そんなこと言うな。悲しくなる」

番頭は声を詰まらせた。

それから、重吉のところに挨拶に行った。内儀もいっしょだった。

「急にこんなことになりまして申し訳ありません」

「うむ。おまえのおっかさんから聞いたときにはびっくりしたが、ひとに言えない事情もあろう。長い間、ごくろうだった」

重吉はしんみり言ったが、清太郎がお絹の目の前からいなくなることでほっとしているような表情だった。

「ほんとうに寂しくなるね」

内儀も目を細めて清太郎を見た。

「では、これで」

清太郎は立ち上がった。

「あっ、お絹さんは？」

「今、使いに行っているの。もう、そろそろ帰ってくるころだけど」

「そうですか。清太郎がよろしく言っていたとお伝えください」

「わかった」

清太郎は他の奉公人にも挨拶をして、『香木堂』をあとにした。

いつもお絹と待ち合わせた新堀川の柳のそばにやってきた。川の流れを見つめながら、お絹とのことを思いだしていた。

小僧のころから兄と妹のように付き合ってきたが、いつのころからかお絹はおとなびて美しい女になっていた。それからお互いを意識するようになったのだ。

川に笹舟が浮かんでいる。ゆっくり流れ、遠ざかって行く。あの笹舟のように俺もお絹の前から去って行くのだ。

背後に下駄の音が聞こえ、清太郎は振り返った。

お絹が小走りにやってきた。

「清太郎さん。やっぱりここだった」

「お絹さん」

「どうしてなの？」

お絹が泣きそうな顔をした。

「自分でもどうすることも出来ない運命なんだ」

「どんな運命？　いったい何があったのか知らないまま別れるなんて酷すぎる。ねえ、何があったの？」

お絹は焦ったようにきく。

清太郎は追い詰められたようになって、

「じつはおとっつあんが見つかったんだ」

と、口にした。

「まあ、おとっつあんが？」

お絹は目を見開いた。

「死んだと思っていたおとっつあんが生きていたんだ。だから、会いに行くんだ」

陸奥国白根藩の藩主になるためだと言ったら、お絹は目をまわすに違いない。

「どこなの？」

「水戸《みと》だ」

清太郎は嘘をついた。

「水戸に会いに行くのね。どのくらい行っているの。水戸だと、往復に四日ぐらいかしら。それなら十日から半月ね」

お絹は清太郎のために喜んでくれている。

「じゃあ、お店を辞めることないじゃないの」

清太郎は戸惑いながら、

「もっとなんだ」

と、告げた。

「もっと？」

「しばらくいっしょに過ごしたいらしい」

「しばらくって、どのくらい？」

「………………」

「半年とか」

「一年だ」

「一年？」

「場合によってはもっと」

「いや」

お絹が清太郎の腕をつかんだ。

「私も連れていって」

「そんなこと出来ない。第一、旦那さまが許すはずない」

清太郎はやりきれないように川に顔を向けた。

お絹は横に立った。

「清太郎さん」

お絹は思い詰めたように、

「私を一生守ってくれると約束したのは一昨日よ。私を守ってくれるんじゃないの」

「今だってそう思っている」

「じゃあ、待っているわ」

「えっ？」

「清太郎さんが迎えにきてくれるのを待っているわ」

「………」

「水戸で落ち着いたら迎えにきて」

「そんなこと、旦那さまが許すはずない」

「いいえ、私は清太郎さんといっしょに生きていきたいの」

「お絹さん」

陸奥国白根藩水沼家の家督を継ぐことになるのだ。しかし、自分に藩主が務まるとは思えない。家臣から辞めさせられるかもしれない。いや、仮に周囲の手助けで形だけでも藩主の座にあってもいい。そのとき、お絹を側室として迎えることが出来るかもしれない。そう思ったとき、清太郎は勇気が出てきた。

「お絹さん。俺の迎えを待っててくれるか」

「ええ、待っているわ」

「でも、旦那さまはきっとお絹さんに婿を」

「いやよ。清太郎さんを待っている」

「よし、必ず迎えにくる」

「ほんとうよ」

お絹は清太郎の胸にしがみつき、

「一年でも二年でも待っているわ」

と、涙ぐんでいた。

清太郎はお絹の肩を強く抱き寄せ、きっと迎えにくると心の内で叫んだ。

五

翌日の朝、剣一郎は太助とともに八丁堀の屋敷を出て浜町堀《はまちょうぼり》に差しかかった。

すると、橋の上にひとだかりがしていた。どうやら堀沿いを見ていた。

堀沿いに町方の姿があった。その中に、定町廻り同心の植村京之進《うえむらきょうのしん》の顔が見えた。

「殺しでしょうか」

太助が言う。

「そうらしいな」

剣一郎はそのほうに向かった。草むらに侍が倒れていた。強い陽射しが侍に照りつけている。

「青柳さま」

京之進が気づいて声をかけた。

「殺しか」

「はい。菰《こも》に巻かれて川に漂っていました。浪人です」

「確かひと月前にも菰に巻かれた浪人の死体が見つかったな?」

死体が発見されたのは神田川《かんだがわ》だ。

「はい。袈裟懸《けさが》けのあとに横一文字に胴を斬られていました。この浪人も同じです」

「同じ下手人だな。なぜ、浪人を……」

剣一郎は首をひねった。

「仲間割れでしょうか。菰に巻いて川に死体を棄てるのですから、ひとりやふたりで出来ることではありません」

京之進が推し量った。

「そうかもしれない。背後に大きな犯罪が隠されているやもしれぬな。その点も頭に入れて探索を」

剣一郎は京之進を励まし、その場を離れた。

橋を渡り、剣一郎と太助は車坂町の長屋に又蔵を訪ねた。清太郎が襲われた日から六日後のことだ。

長屋の男連中は仕事に出かけたあとらしく、路地は静かだった。

「ここです」

太助が一番奥の部屋の前に立った。

「ごめんよ」

太助は戸を開けた。

返事はないが、ふとんに誰かが寝ていた。

剣一郎と太助は土間に入った。

「又蔵さん」

太助が声をかける。

「誰でえ、こんな朝っぱらから」

又蔵がいらだった声を出した。

「南町の青柳さまだ」

「なに」

がばっと、又蔵は跳ね起きた。

「これは青柳さま」

あわてて、畏まる。

「もうお天道様は上がっている」

剣一郎は声をかける。

「へえ、昨夜、ちょっと遅かったもので」

又蔵は頭をかいてから、

「で、まだ何か」

と、きいた。

「清太郎を襲ったのは『飛鳥屋』の若旦那から頼まれたからだと言ったな」

「へえ、そのとおりで」

「『飛鳥屋』の栄太郎に会ってきたが、本人は否定した」

「そんなことありません。はっきり『飛鳥屋』の栄太郎だと名乗っていましたから」

「人相は？」

「細面の背の高い男です。三十歳ぐらいでしょうか」

「栄太郎はそんなに背は高くない。中肉中背だ。それに年は二十三、四歳」

「…………」

「そなたが会ったのは栄太郎ではない。その者が栄太郎と偽ってそなたに接したか、そなたが偽りを申しているかだ」

　剣一郎は問いつめる。

「とんでもない、あっしは嘘なんてついてません」

「あのあと、依頼の男と会ったか」

「会ってません」

「襲撃に失敗したのだ。そのことで、何か言ってこないのか」

「へえ。金を返せと言ってくるかと思いましたが、来ませんでした。もちろん、半金はもらえませんでしたが」

「そうか。もし、その男を見かけたらわしに知らせるのだ。自身番に届けてもいい」

「へえ、わかりやした」

又蔵は畏まって答えた。

車坂町から新寺町《しんてらまち》を抜けて、阿部川町の『香木堂』に着いた。

太助が店先にいた番頭ふうの男に声をかけた。

「清太郎さんをお願いしたいのですが」

「清太郎ならお店を辞めました」

「辞めた？　そんなはずは……。だって、何日か前はいたじゃありませんか」

「急にです」

「何かあったんですかえ」

「なんでも、死んだと思っていた親父さんが生きていたことがわかったそうです。それで急遽《きゅうきょ》会いに行くことになったと」

「そうですかえ」

　太助は剣一郎に顔を向けた。

「旦那はいるか」

　剣一郎はきいた。

「どちらさまで？」

　番頭にきかれ、剣一郎は編笠を持ち上げ顔を見せた。

「青柳さまで。少々お待ちください」

　番頭は奥に向かった。

　ほどなく、四十半ばと思える男がやってきた。

「主人の重吉でございます。清太郎のことだそうで」

「店を辞めたそうだな。ずいぶん急なことだ。何があったのか知りたい」

　剣一郎は重吉の顔を見つめる。

「はい。三日前に清太郎の母親がやってきて、急に江戸を離れることになった。清太郎もいっしょに行かねばならないのでお店を辞めさせてもらいたいと」

「で、すぐに承諾したのか」

「はい。翌々日には辞めて行きました」

「急に辞められて、店は困らないのか」

「それは困りますが、母親の強い意向なので」

「清太郎がいなくても商売にはあまり影響ないのか」

「そんなわけではありませんが」

「ほんとうに自らの意志で辞めていったのか」

「どういうことでしょうか」

重吉は不審そうな顔をした。

「じつは清太郎がならず者に襲われたのだ」

「…………」

重吉は顔色を変えた。

「それからすぐに店を辞めたとなると、襲われたことと何か関係があるのではないかと疑いたくなる」

「辞めたのはあくまでも母親の意向です」

「清太郎は一人前の男だ。なぜ、母親が出てくるのだ？」

「昔、娘を連れて観音様にお参りに行ったとき、十歳ぐらいの男の子を連れた母親がお参りに来ていました。利発そうな子でした。偶然に並んで手を合わせていたら、その子と娘が笑いあっていたのです。じつは娘はあまり口もきかず、暗い子どもでした。それが、にこやかな顔なのでびっくりしました」

重吉は息を継いで、

「あの男の子がいてくれたら娘の遊び相手にもなる。お店に小僧も欲しかったので、母子を探し出し、話を持ち掛けたのです。母親も迷っていたようですが」

「承諾したのか」

「はい。ただ、万が一のときは急にお店を辞めさせてもらうかもしれないという話をしていました。何かわけありの母子だと思っていましたが、二、三年でも娘の相手をしてもらえればいいという考えでした。ところが、仕事ぶりも真面目で、お客さまへの接し方も申し分なく、それより、清太郎が来てから娘はどんどん明るく元気になっていきました。そして、九年経ち、ずっとお店にいてくれるものと思っていたのに、ついに先日、母親がやって来て……」

「そういう経緯だったのか」

剣一郎は頷き、

「で、母親はどこに住んでいるのだ？」

「聖天町です」

「わかった。邪魔をした」

剣一郎は『香木堂』を出て、聖天町に向かった。

清太郎の母親が住んでいたという長屋に行ったが、すでに引き払ったあとだった。

剣一郎は大家から話を聞いた。

「突然のことで、驚いております。とにかく急いでおりました」

「何があったのか」

「昔別れたご亭主が生きていることがわかって、急に会いに行くことになったと言っていました」

「亭主のことはどうしてわかったのだ？」

「引っ越して行く四日ほど前から三十半ばぐらいの体の大きなお侍さんが訪ねてきていました。おそらく、そのお侍さんが教えにきたのではないでしょうか」

「侍か。どこの誰かはわからないのだな」

「はい。きいても教えてくれませんでした」

「で、どこに行ったのだ？」

「水戸のほうだと言ってました」

はっきりしたことはわからず仕舞いだった。

長屋木戸を出たとき、若い女が立っていた。十七、八歳か。目鼻だちのはっきりした美しい娘だった。

「青柳さま」

娘は口を開いた。

「そうだ。ひょっとして『香木堂』のお絹では？」

「はい。絹です」

「どうしてここに？」

「青柳さまを追いかけてきました」

「清太郎のことか」

「はい。家に帰ったら青柳さまが清太郎さんのことでお見えになったというので、どんな用なのかと気になったのです」

「清太郎から何も聞いていないか」

「はい。何かあったのでしょうか」

お絹は真剣な眼差しを向けた。

「ここでは話も出来ぬ」

そう言い、剣一郎はお絹を待乳山聖天に誘った。

境内の人気のない場所で立ち止まり、剣一郎は切りだした。

「清太郎は六日ほど前、『飛鳥屋』の栄太郎の呼出しに出向いた先でごろつきに襲われた」

「まあ」

お絹は目を見開いた。

「清太郎はごろつきを寄せつけなかった。わしがごろつきを問いつめたら、『飛鳥屋』の若旦那に頼まれたと白状した。だが、調べたところ『飛鳥屋』の栄太郎の指図ではなかった。何者かが名を騙って、清太郎を襲わせたのだ」

「…………」

「その後、変わったことがないか確かめに行ったら、急に店を辞めたというので驚いている」

「襲われたことと何か関わりがあるのでしょうか」

お絹は不安そうにきいた。

「いや。なさそうだが……」

「そうですか」

「ただ、清太郎は店を辞めて行った。結果的には狙いどおりになったようだ」

「……………」

「そなたは清太郎と親しかったそうだな」

「はい」

お絹は俯《うつむ》いた。

「誰が『飛鳥屋』の若旦那を騙って清太郎を襲わせたか、想像はつかないか」

「いえ」

「『飛鳥屋』の栄太郎はそなたに気があるようだな」

「ええ……」

「もうひとり、『近江屋』の次男坊の覚次郎もそなたに気があるとか」

「はい」

「そなたの父親はどうなのだ？」

「おとっつあんは私と清太郎さんのことを認めてくれました」

「清太郎が奉公する経緯を聞いたが、そなたのためだったようだな」

剣一郎は重吉の話を思いだした。

「はい。おとっつあんも清太郎さんを気に入っていますから」

「うむ。そなたに兄弟姉妹は？」

「ひとりです」

「すると、そなたは婿をとるのだな」

「はい」

「『飛鳥屋』の栄太郎は長男のようだ。栄太郎はそなたを嫁にしたいだろうが、そなたの父親は許しはしないな」

「はい。おとっつあんは、私が婿をとって『香木堂』を継ぐことしか考えていません」

「『近江屋』の覚次郎は次男坊だ。婿に迎え入れることは出来るな。そなたの父親は『近江屋』の覚次郎をどう思っているのだ？」

「…………」

「父親はほんとうは覚次郎を婿に迎えたいのではないか。そうすれば、『近江屋』からの援助も期待出来よう」

「そんなことはありません。清太郎さんとの仲を認めてくれたのですから」

「仲を認めたのはいつだ？」

「…………」

「ひょっとして、清太郎が店を辞めるとわかったあとではないのか」

「…………」

お絹は不安そうな顔をした。

「どうした？」

「いえ、なんでもありません」

お絹はあわてて首を横に振った。

「じつはもうひとつ気になることがある。清太郎を襲わせた人物は、清太郎の店番が昼過ぎから夕七つ（午後四時）までで、それ以降なら呼び出せることを知っていたようだ」

「それが何か」

「いや。なんでもない」

剣一郎はこの話を切りあげた。

「ところで、清太郎がいなくなったら、父親は改めて婿を探すことになろう」

「いえ。私は清太郎さんが迎えにくるのを待ちます」

「清太郎が帰ってくる当てはあるのか」

「はい。清太郎さんは約束してくれたんです。必ず迎えにくると」

「迎えに？　帰ってくるのではなく、迎えにくると言ったのか」

「そうです」

「そなたはそれを信じたのか」

「はい」

「しかし、迎えに来たらどうするのだ？　そなたが清太郎のもとに走れば、『香木堂』の後継ぎはいなくなる。父親が許すと思うか」

「わかりません」

お絹は辛そうな表情で首を横に振った。

許しはしない。すでにお絹の婿は決まっているのではないか。重吉の狡猾《こうかつ》さに気づいて、剣一郎はお絹を痛ましげに見た。

第二章　ご落胤《らくいん》

一

朝、剣一郎は無地の茶の肩衣《かたぎぬ》に平袴《ひらばかま》という出で立ちで、槍持《やりもち》、草履《ぞうり》取り、鋏箱《はさみばこ》持、若党を従え、八丁堀の屋敷を出た。

朝から蟬《せみ》がジイジイと鳴いていて、すでにうだるような暑さだった。与力の出仕は朝四つ（午前十時）だ。

楓川《かえでがわ》を越え、川沿いを京橋《きょうばし》に向かって剣一郎の一行は整然と進む。擦れ違う町の衆は立ち止まって会釈をする。

一行の歩みは速く、京橋川に差しかかった。そこから、今度は京橋川沿いをお濠《ほり》のほうに向かうのだが、京橋川にかかる白魚橋《しらうおばし》にひとだかりがしていたので、皆が見つめているお濠と反対の大川《おおかわ》方面に目をやった。

舟が数艘《すうそう》出ていた。剣一郎は楓川にかかる弾正橋《だんじょうばし》を渡り、本八丁堀一丁目に入った。

川っぷちに立ち、舟の動きを見る。船頭が浮遊しているものを鉤竿《かぎざお》で引っかけた。そして、舟に引き寄せた。

浮遊物が舟の縁にくっつくと、そのまま本八丁堀一丁目の河岸まで曳《ひ》いていった。浮遊物を見て、剣一郎は眉根を寄せた。

菰《こも》に巻かれていたが、端から足が出ているのがわかった。死体だ。

何人かで苦労して、死体を岸に引き上げた。

剣一郎はそこに近づいた。

「青柳さま」

町役人が会釈をした。

「亡骸《なきがら》を確かめたい」

剣一郎は言う。

「どうぞ」

町役人のひとりが菰の縄を解いた。そして、菰をめくった。

剣一郎は手を合わせてから、しゃがんで亡骸を見た。

やはり、浪人ふうの男だ。袈裟懸けに左肩から、胴は横一文字に斬られている。いままでと同じだ。長い間、水に浸かっていたようで体がかなりふやけていた。

「青柳さま」

京之進が駆けつけてきた。

「まただ」

剣一郎は立ち上がって言う。

京之進は死体を検《あらた》めたあと、

「同じです。これで三人です」

と、吐《は》き捨てるように言った。

「この亡骸のほうが古いかもしれぬ。重しをつけられて沈められていたようだ。縄が腐り、重しと切り離されて浮上したのだ」

「そうですね」

「これまでのふたりの身許はわかったのか」

剣一郎はきいた。

「はい。先日の浜町堀の死体は本郷菊坂町《ほんごうきくざかまち》の裏長屋に住む牧田三十郎《まきたさんじゅうろう》。その前の神田川の死体は深川の佐賀町《さがちょう》に住む糸山鎌之助《いとやまかまのすけ》という浪人でした」

「そのふたりに何があったのかわからないのか」

「まだ、わかりません。ただ、ふたりとも口入れ屋から用心棒の仕事を世話してもらっていたようです」

「同じ口入れ屋か」

「いいえ、牧田三十郎は本郷三丁目にある『野田屋《のだや》』、糸山鎌之助は佐賀町にある『恵比寿屋《えびすや》』です」

「そうか」

「今、ふたりに関係があるかどうかを調べています」

「いったい、どこで殺されたのか」

「舟で運んできて、ここより上流に棄《す》てたと思われます。不審な舟がなかったか、聞き込んでいます。ただ、先のふたりの場合は不審な舟を見ていたものはいませんでした」

「何かわかったら教えてもらおう」

「はっ」

剣一郎は京之進と別れ、改めて奉行所に向かった。

同じような浪人の死体が三体も見つかったというのは異常だ。まだ、犠牲者が出てくる。そんな気がしてならなかった。

四半刻（三十分）後には、数寄屋橋御門《すきやばしごもん》の南町奉行所の与力部屋に座っていた。

やはり、菰に巻かれていた浪人のことが頭から離れない。同じ下手人だ。いったい何のために浪人を殺したのか。

茶を飲んでいると、見習い与力がやって来た。

「宇野《うの》さまがよろしいそうです」

「ご苦労」

見習い与力に、宇野清左衛門《せいざえもん》の都合をききに行かせてあった。

剣一郎は湯呑みを置いて立ち上がった。

廊下に出たとき、伜《せがれ》の剣之助《けんのすけ》と会った。剣之助は見習いとして、吟味方《ぎんみかた》与力の橋尾左門《はしおさもん》の下で精勤している。

目顔で挨拶をして擦れ違った。だんだんたくましくなる剣之助に目を細めたが、年番方《ねんばんかた》与力の部屋に近づくに従い、剣一郎の表情は厳しいものになっていった。

年番方与力の部屋に赴《おもむ》き、

「宇野さま。よろしいでしょうか」

と、文机《ふづくえ》に向かっていた清左衛門に呼びかけた。

清左衛門は机の上の帳面を閉じて、威厳に満ちた顔を向けた。清左衛門は金銭面も含めて奉行所全般を取り仕切っている、奉行所一番の実力者である。

「うむ、こちらへ」

清左衛門は近くに招いた。

剣一郎は進み出てから、

「今朝、京橋川に菰に巻かれた浪人の亡骸が浮かんでおりました」

と、訴えた。

「なに、またか」

清左衛門は眉根を寄せた。

「はい、これで三人です」

「なぜ浪人ばかり……」

「単なる辻斬《つじぎ》りではありません。辻斬りなら死体を棄てておいておくでしょう。わざわざ、菰に巻いて川に棄てているのが気にかかります」

「そうだの」

「今後、さらに同じような死体が見つかるかもしれません」

「うむ」

清左衛門は厳しい顔で唸《うな》り、

「青柳どのはこの事件をどう見るのだ？」

と、きいた。

「下手人は同一人物でしょうが、関わっている輩《やから》は何人かいるはずです。それに、どこか堂々としたやり口に思えます。つまり、遺体は見つかってもいい。そんな自信のようなものが窺《うかが》えます。宇野さま」

剣一郎は身を乗り出し、

「背後に何やら大がかりな闇《やみ》が感じられます。この件、少し探索《たんさく》したいのですが」

と、願い出た。

いつもは清左衛門か内与力《うちよりき》の長谷川四郎兵衛《はせがわしろべえ》から密命を受けて動きだすのだが、今回は剣一郎自ら買って出た。

「それは願ってもないこと。そうしてもらおう」

清左衛門は応じてから、

「それにしても、いったい何が考えられるか」

と、首をひねった。

「京之進は仲間割れではないかと言っていました。その可能性もないではありませんが、三人の死んだ時期がばらばらなのが不自然です」

「青柳どのはどう思うか」

「わかりません。下手人にとって三人は仇《かたき》だったのかもしれません。あるいは、死体を菰にくるんで舟で棄てに行っているところから仲間が何人かいて、何かを企《たく》んで浪人たちを集めている。そして、自分たちの目的に合わない浪人を弾《はじ》いた。そういうことも考えられますが、まだ何もかも霧の中です」

「どうやって探索を?」

「まず、殺された三人に共通する何かがあるか。そこからでしょう。それと」

剣一郎は続ける。

「これまでの解決した事件についても洗い直しが必要になるかもしれません」

「そうか。それにしても、奇妙な事件だ」

「はい。単に浪人が三人殺されたというだけの事件ではないと思えてなりません」

剣一郎は厳しい顔で言った。

清左衛門の前を辞去し、与力部屋に戻ってから、剣一郎は同心詰所に京之進を呼びにやった。

その後、風烈廻り同心の礒島源太郎《いそじまげんたろう》と大信田新吾《おおしだしんご》が剣一郎のところにやって来た。

「出かけるのか」

剣一郎は声をかけた。

「はい。出かけて参ります」

源太郎が応じた。

「この暑さだ。十分に気をつけてな」

「はい。だいじょうぶです。若いですから」

新吾が元気よく言う。

「そうだな。だが、気をつけるのだ」

強風が吹く日は剣一郎もいっしょに見廻りに出るが、普段は源太郎と新吾のふたりが小者を連れて町に出る。

京之進が奉行所に戻ってきたのは半刻（一時間）後だった。

「青柳さま。お呼びで」

「うむ。ここに」

近くに招き、

「浪人の斬殺の件、ふつうの殺しとは違う何かを感じるのだ。そこで、わしも探索に加わることにした」

「はっ。申し訳ありません。私の力不足で、青柳さまを煩《わずら》わせて」

京之進はすまなそうに言ったが、顔つきは剣一郎の参入を喜んでいるようだった。

剣一郎は同心たちからも尊敬を集めているが、中でも京之進がもっとも剣一郎に畏敬《いけい》の念を抱いていた。京之進は定町廻り同心としての理想の姿を剣一郎に見ているのだ。

「そうではない。菰にくるまれた浪人の亡骸をみると、殺された時期はばらばらだ。下手人の意図がつかめないことに無気味さを覚える。これまでの犯罪とは違う」

「確かに、狂気じみた感じがしないでもありません」

「これからも続くように思えてならない」

「はい」

京之進は緊張した声で答えた。

「いずれにしても背後に大きな犯罪が隠されているかもしれない。単に浪人が殺されたという事件ではない。このことを肝《きも》に銘《めい》じて探索をする必要があろう」

「畏まりました」

「これまでにわかったことだけでも教えてもらいたい」

「はっ」

京之進は低頭する。

「まず、今朝の浪人の素姓はわかったか」

「はい。本所入江町《ほんじょいりえちょう》にある一刀流の剣術道場で師範代を務めていた松原多聞《まつばらたもん》という男です。半月前から姿を消していて、門弟たちが探していたのです」

「発見から間がないのにずいぶん早く素姓がわかったな」

今朝の死体発見から半日も経《た》っていない。

「先日、浜町堀で死体が発見されたあと、本所の剣術道場の門弟から松原多聞ではないかと問い合わせがあったのです。それで、念のために門弟に亡骸を見てもらったら、当人だとわかったのです」

「門弟は松原多聞を探していたのか」

「はい。六月七日に知り合いのところに行ってくると言って出かけたきり、帰ってこなかったということです」

「その知り合いが誰か、どこに行ったか、何をしに出かけたのかわからないのだな」

「はい。詳しいことは何も言わなかったそうです」

「松原多聞は道場で暮らしていたのか」

「はい、離れで。それ以上の詳しいことはまだ。このあと、道場に行き、道場主などに話をきいてくるつもりです」

「うむ」

剣一郎は頷いてから、

「三人はどこの藩の浪人かわかるか」

「三人とも西国《さいごく》の大名家に仕えていましたが、藩はばらばらです」

「年齢は?」

「三人とも年齢も違います。松原多聞は四十歳。あとのふたりは三十代」

「三人に付き合いはないのだな」

「ないようです」

「何か共通点は？」

「いまのところまだ見つかっていません」

「松原多聞は剣術道場の師範代ということだが、牧田三十郎と糸山鎌之助は口入れ屋を通して仕事を得ていたのだな」

「はい。ふたりとも用心棒の仕事をしていました」

「そうか。では、何かわかったら教えてもらおう」

「はっ」

京之進は下がった。

それから、剣一郎は例繰方《れいくりかた》の部屋で、過去に似たような事件がなかったか、御《お》仕置裁許帳《しおきさいきょちょう》や犯科帳《はんかちょう》などを調べた。

立て続けに起きた殺しは幾つもあるが、辻斬りや追剝《おいはぎ》などだ。さらに宗教絡《がら》みで大量殺人などの例もあった。

二十年前、四人の山伏《やまぶし》の毒殺死体が発見された。この連中は出羽三山《でわさんざん》の羽黒山《はぐろさん》の山伏と称して、江戸市中で病気治癒の御札を売り歩き、荒稼ぎをしていた連中だった。分け前でもめて殺し合いが起こったのだ。その後、黒幕の男も捕まり、打首になった。

もうひとつは信者が集団で自決していたというものだ。病気で余命幾ばくもない教祖の女が信者を道連れに自害した。

これらは、死亡時期は皆同じだ。そして、同じ場所から死体が発見されている。しかし、今回の浪人の件は死亡時期も発見場所もばらばらだ。だが、死体をわざわざ菰にくるんで川に棄てる。何かの儀式のような異様さが感じとれなくもない。

宗教か、と剣一郎は呟《つぶや》いた。

その夜、八丁堀の屋敷に京之進がやってきた。

夜になっても蒸し暑さは続き、風もなく、釣りしのぶの風鈴も鳴りを潜めていた。

京之進はすでに来ていた太助にも会釈をし、剣一郎の前に腰を下ろした。

「松原多聞は師範代だけあって、剣の腕は確かだったようです。何度か、道場破りがやってきたそうですが、いずれも松原多聞が打ち負かして追い返していた。

それほどの剣の達人だったようです」

「そんな男を破ったのだ。下手人はかなりの腕だ」

剣一郎は厳しい顔で言う。

「はい」

「姿を晦《くら》ました当時の様子で何かわかったことはあるか」

「六月七日に知り合いのところに行ってくると言って出かけたのですが、そのとき、松原多聞は険しい表情だったと内弟子が言ってました」

「険しい表情か」

知り合いというが、緊張を強いられる相手だったのかもしれない。

「それから、道場主が言うには、松原多聞は讃岐《さぬき》の高松《たかまつ》藩にいたそうで、そのときの朋輩《ほうばい》がときたま訪ねてきていたそうです」

「朋輩の名は？」

「三笠《みかさ》純平《じゅんぺい》といい、高松藩の上屋敷にいるそうです。明日にでも、三笠どのに話を聞いてみようかと思っています」

「わかった。松原多聞の件は任せる。わしは改めて牧田三十郎と糸山鎌之助のほうを調べてみる」

すでに京之進がふたりのことを調べているが、自分の目で見直してみようと、剣一郎は考えていた。

ひと通りの報告が済んで、京之進は引き上げた。

太助が口を開いた。

「青柳さま。何かお手伝いすることはありませんか」

「調べてもらいたいことがある」

「はい、なんなりと」

太助は意気込んで言う。

「最近、動きが活発になっている修験者《しゆげんじや》やら祈禱師《きとうし》などがいないか。調べてもらいたい」

修験者は山伏ともいう。修験者は役小角《えんのおづの》を宗祖とした山岳宗教の一派で、山野にて難行、苦行を行なうのだが、昨今は町におりてきて、修行を積んで得た霊験や祈禱によって、人々を救い、喜捨《きしや》を乞《こ》うようになっていた。

だが、中にはいかがわしいものも少なくない。

「修験者ですか」

「うむ、いかがわしい祈禱師や最近急に信者を増やしている徒党、あるいは、人気のある教祖がいて派手になっている宗教の道場もだ」

「それが浪人殺しに？」

「わからぬが、可能性をひとつひとつつぶしていきたいのだ」

「わかりました」

そこに、多恵が西瓜《すいか》を切って持ってきた。

「先日、相談に来た八百屋の内儀《おかみ》さんがお礼にと持ってきてくれました」

多恵は町の衆の相談に乗ってやっているのだ。青柳家を訪れる客は多いが、半分近くは多恵が目当てのようだった。

「剣之助と志乃《しの》も参ります」

「そうか」

みなが集まると思うと、自然に相好《そうごう》が崩れた。常に緊張した日々を送る剣一郎にとって、家族が一堂に集まるときがもっとも安らぎを覚えるひとときだった。

二

翌朝、剣一郎は編笠《あみがさ》をかぶり、八丁堀の屋敷から霊岸島《れいがんじま》を経て永代橋《えいたいばし》を渡った。

朝からの灼熱《しゃくねつ》の陽射しに、行き交う人々の姿が陽炎《かげろう》のように歪《ゆが》んで見えた。

永代橋の上は日陰がないが、いくぶん涼しい川風が吹いてきた。

橋を渡り切り、佐賀町に入る。町中に入ると、風が家々に遮《さえぎ》られて、ひときわ暑くなった。炎天下に、人々は日陰を選んで歩いている。

糸山鎌之助が住んでいた長屋にやってきた。木戸を入る。物干しの洗濯物はもう乾いたのか、取り込んでいる女に声をかけた。

「すまない。糸山鎌之助という浪人がここに住んでいたと聞いたが」

「糸山さんはもういませんよ」

「うむ、亡くなったそうだな」

「ええ」

「糸山どのとは親しかったのか」

「隣同士でしたからね」

「どんな男だったのか?」

「お侍さんは?」

女はあからさまに編笠の内を覗《のぞ》き込んだ。

剣一郎は苦笑して編笠を人差し指で押し上げた。

「あっ、青痣《あおあざ》与力」

女は素《す》っ頓狂《とんきょう》な声を上げ、

「失礼しました」

と、あわてた。

「気にするな」

「すみません」

「糸山どのはどんな男だった？」

剣一郎は改めてきく。

「髭面《ひげづら》で熊のような顔をしてましたけど、気さくなお方でした。実入りがあると、長屋の者たちにもいなり寿司とか団子とか買ってきてくれました」

女はしんみり言う。

「金回りはどうだ？」

「そんなにお金があるようには思えませんでしたよ」

「独り身だったのか」

「そうです。自分で飯も炊いていました」

「訪ねてくる者はいたか？」

「いえ、いなかったと思います。せいぜい、『恵比寿屋』の手代ぐらいなもんです」

「口入れ屋のか？」

「はい。糸山さんはそこで仕事を見つけていましたから」

「国はどこか聞いたか」

「岡山《おかやま》のほうだと言ってました」

「浪人になった経緯は知らないか」

「酒の席で喧嘩になって上役に怪我《けが》をさせたとか言ってました」

「酒はよく呑んでいたか」

「いえ、酒はやめたと言ってました。酒で失敗したので、断酒したと」

「女子《おなご》はどうだ？」

「さあ」

そこにでっぷり肥《ふと》った男がやってきた。

「大家さん。青柳さまが糸山さんのことで」

「青柳さま？」

大家があわてて頭を下げた。

「今、糸山鎌之助のことを聞いていたのだ。糸山鎌之助がなぜ、殺されねばならなかったのか」

「糸山さんは他人から恨まれるような御方ではありません」

大家は言い切った。

「訪ねてくる者もいなかったようだな」

「はい。いなかったと思います」

「女の噂はなかったか」

「女には興味がないような雰囲気でした」

「そうか。その他に何か気がついたことはないか」

「いえ」

「酒の席で上役に怪我をさせて浪人になったそうだが？」

「本人はそう仰《おつしや》っていましたが、怪我をさせたくらいで浪人になるだろうかと、私は疑問に思っています」

「と、いうと？」

「はい。糸山さんは相手を斬り殺したのではないかと」

「ほんとうですか」

　女が驚く。

「それはそなたの想像か」

「じつは、糸山さんは毎夜、寝る前に位牌《いはい》を取り出して手を合わせていたんです。死んだあと、糸山さんの荷物を片付けていたとき、その位牌を見ました。お侍さんの俗名が書いてありました」

「なるほど」

「いつか、糸山さんはぽつりとこう仰ったことがあるんです。金で許されるはずはないがと」

「金で許されるはずはないが、か」

「殺した相手の身内にお金を工面しようとしているのではないかと思いましたが、身内はそんなものでは収まりがつかなかったのではないでしょうか」

「敵討《かたきう》ちで殺されたと？」

「はい」

「いや、それではあるまい」

　それなら菰でくるんで死体を川に棄てたりしまい。それに、他にふたりの浪人が同じように菰に巻かれていたのだ。

「だが、敵討ちでなくとも、その位牌の人物のことは気になる。その位牌はどうした？」

「お寺さんで供養してもらいました」

「そうか。位牌の人物の名は覚えていないか」

「確か、内田作兵衛《うちださくべえ》……、いえ作之助《さくのすけ》だったか。下の名ははっきり覚えていません」

「いや、それで十分だ」

大家と女房に礼を言い、剣一郎は長屋を出た。

佐賀町の町中の、口入れ屋『恵比寿屋』に行った。

軒先に恵比寿屋と書かれた木の札が下がっていて、風に揺れていた。戸は開いている。剣一郎は編笠をとって暖簾をくぐり、暗い土間に入った。

上がり口に小さな机を置いて、その前に四十ぐらいの男が団扇《うちわ》で自分の顔を扇《あお》いでいた。客だと思い、団扇を使う手を止めた。

「いらっしゃいまし」

主人が声をかえた。

「客ではない」

剣一郎が机の前に立つと、主人はあわてて、

「これは青柳さまで」

と、改まった。

「ここに仕事を求めて来ていた糸山鎌之助という浪人のことできききたい」

「糸山さまはとんだことで」

主人は目をほそめた。

「用心棒の口を世話していたそうだが」

「はい。実入りのいい用心棒の口を探していました」

「長い付き合いか」

「二年ほどになりましょうか」

「最後に世話をしたのはどこだ？」

「少々お待ちを」

主人は台帳をめくって、

「門前仲町《もんぜんなかちょう》にある『田島屋《たじまや》』という古着屋の旦那の用心棒です。十日間の約束

でしたから五月十四日までです」

と、顔を上げた。

「そのあとは？」

「来ませんでした。十四日までですから十五日には仕事を求めてくるかと思っていたのですが、次の日も来ませんでした」

糸山鎌之助は五月十五日を最後に行方がわからなくなっている。

「古着屋の旦那の用心棒代はどのくらいだ？」

「十両近くは手に入れたはずですが」

「そうすると、しばらくは仕事をしなくてもだいじょうぶだったのではないか」

「いえ、糸山さまはお金を稼ぐことには貪欲でした。一日たりとも休むことはありませんでした」

「金に貪欲とな？」

「内容より報酬の多寡《たか》で仕事を選んでおりました」

「報酬がいいのはそれだけ危険な仕事というわけだな」

「そうです」

「なぜ、それほど金に固執していたのか、わからないか」

「それとなくきいたことがありますが、曖昧《あいまい》に笑っていました。でも、私の勘では、女だと思います」

長屋の者の話からでは女のようには思えない。それより、位牌の人物だ。どういう因縁があったのか。

「牧田三十郎、松原多聞という者に仕事を斡旋《あっせん》したことはあるか」

剣一郎は念のためにきく。

主人は再び台帳をめくるが、

「ございません」

と、首を横に振った。

「わかった。邪魔をした」

剣一郎は『恵比寿屋』を出た。


それから、一刻（二時間）後、剣一郎は牧田三十郎が住んでいた本郷菊坂町の裏長屋にやって来た。

大家に会って話を聞いた。

「牧田さまは長屋の者と会えば挨拶する程度で、親しくおつきあいする者はいませんでした」

「ここに来て、どのくらいだ？」

「一年ちょっとです」

「独り身か」

「そうです」

「訪ねてくる者はいたか」

「いえ。お弔《とむら》いも長屋の連中だけがやりました」

「どこの浪人か、聞いたことはないか」

「いえ。ただ、東海道《とうかいどう》沿いだと言葉の端々からわかりました」

「岡山のほうではないのか」

「岡山訛《なま》りはありませんでした」

「牧田に女の影はどうだ？」

「女っ気はなかったようです」

「特に変わったことはなかったか」

「気がつきませんでした」

「牧田は本郷三丁目にある『野田屋』という口入れ屋で仕事を探していたようだ

が」

「はい。私も『野田屋』に入って行く牧田さまを見かけたことがあります」

剣一郎は大家と別れ、本郷三丁目に向かった。

『野田屋』は『恵比寿屋』より大きな店で、ふたりの男が小机に向かっていた。

剣一郎が土間に入ると、ふたりは顔を見合わせた。

「青柳さま」

丸顔の男が居住まいを正した。隣の若い男も剣一郎に会釈をした。

「先日殺された牧田三十郎のことで訊ねたい」

「はい。私も驚きました」

丸顔の男が目を見開いて言う。

「ここで仕事を求めていたそうだが？」

「はい。主に用心棒の口を世話しました」

「最後に世話をしたのはどこだ？」

「本郷四丁目にある『升田屋《ますだや》』の娘さんの護衛です」

「『升田屋』とは？」

「下駄《げた》問屋です。そこの娘さんが別れた男に付きまとわれて困っているということで」

「そうか。わかった」

　剣一郎は『野田屋』を出て、『升田屋』に向かった。

　四半刻（三十分）後に、剣一郎は『升田屋』の主人と客間で向かい合っていた。

「はい。牧田さまには娘の護衛をお願いいたしました」

「娘御に何があったのだな」

「はい。酒屋の伜《せがれ》の音次郎《おとじろう》という男が娘に付きまとっておりました。お花の稽古や買い物で外出をすると、必ず待ち伏せていて……」

「それで用心棒を頼んだのか」

「はい。音次郎は道楽息子で我《わ》が儘《まま》いっぱいに育った男です。自分が気に入らないとすぐかっとなって見境がなくなるようです。このままだと危険が及ぶと思いまして」

「で、牧田三十郎が護衛をしていて音次郎はおとなしくなったのか」

「ええ。牧田さまが音次郎を懲らしめまして、二度と娘に近づかないように約束をさせたのですが……」

　主人は暗い顔になった。

「どうした？」

「ふつか後、音次郎はまた娘に近寄ってきたのです。それで、牧田さまにお願いして音次郎を痛めつけてもらったんです」

「音次郎に怪我をさせたのか」

「はい。音次郎は脚に大怪我を。骨が折れて今も動けないようです」

「牧田三十郎が殺されたのは音次郎の仕返しだと？」

「ええ、ひょっとしたらと思いまして。そうだとしたら、音次郎は怪我が治ったらまた娘に近づいてくるのではないかと不安で。もう牧田さまはいないし」

「音次郎の酒屋はどこにあるのだ？」

「本郷菊坂台町《きくざかだいまち》の『灘屋《なだや》』です」

「心配するな。わしが話をつけてくる」

「ありがとうございます」

　主人は深々と頭を下げた。

　外に出たとき、背後で下駄の音が聞こえた。駆けているようだ。剣一郎は立ち止まって振り返った。
十七、八歳の女が駆けてきた。
「青柳さま」

近づいて、女は頭を下げた。

「『升田屋』の娘のみつです」

「うむ」

「音次郎さんはほんとうは根はやさしいひとなんです。それが、どういうわけかだんだんひとが変わってしまって」

「なぜ、そんなことをわしに？」

「いえ、ただ、音次郎さんは悪いひとではないということを……」

おみつは思い詰《つ》めた目を向けて言った。

「以前は音次郎と仲がよかったのか」

「はい。それなのにひとが変わってしまって」

「なぜだ？」

「私が見合いをしたからです」

「それで自棄《やけ》になったのか。わかった」

おみつと別れ、剣一郎は本郷菊坂台町に向かった。町筋を行くと、正面から西陽が当たった。蟬《せみ》がけたたましく鳴きはじめた。

『灘屋』は漆喰《しっくい》土蔵造りの店で、軒先に酒林が下がっていた。

番頭らしい男に顔を晒《さら》して、音次郎に会いたいと告げた。

「今、横になっているのですが」

「そこに案内してもらえるか」

「少々お待ちください。旦那さまを呼んで参ります」

番頭はあわてて奥に引っ込んだ。

やがて、背のひょろ長い男がやってきた。

「灘屋か」

「はい。音次郎が何か」

「少しききたいことがある」

「じつは脚を怪我していまして歩けないのです」

灘屋は困惑した表情で言う。

「どうして怪我をしたのか知っているか」

「いえ、何も言いませんが、どうせ喧嘩でしょう」

瀬屋は吐き捨てた。

「そのことも関係ある。案内してくれ」

「わかりました」

瀬屋は奥の座敷に、剣一郎を通した。

ふとんの上に半身を起こし、脚を投げ出して若い男が座っていた。眉を剃《そ》り、目は異様に光っている。赤みがかった薄い唇。いかにも、自分勝手で我が儘な感じの男だった。

「すまぬがふたりきりにしてもらいたい」

剣一郎は瀬屋に言う。

「かしこまりました」

瀬屋は部屋を出て行った。

剣一郎はふとんの近くに腰を下ろし、

「具合はどうだ」

と、きいた。

「まだ、歩けません」

音次郎は吐き捨てた。

「なぜ、そんな目に遭ったのだ?」

「牧田三十郎って浪人が襲ってきたんですよ」

「なぜ、襲ってきたんだ?」

「…………」

「どうした?」

「『升田屋』の主人が、俺と娘の仲を裂こうとして牧田って浪人に襲わせたんだ。ふざけやがって」

「わしが聞いていることと違うが」

「そりゃ、向こうは自分の非を素直に認めないでしょうからね」

「そなたが娘に強引に近づいたのではないのか」

「違いますよ。だって、俺はあの娘と付き合っていたんだ」

「しかし、娘は他の男と見合いをした」

「それは親父さんに言われてですよ。ほんとうは俺と別れたくなかったんだ」

「しかし、娘も別れたがっていたんじゃないのか」

「それは違いますよ」

「向こうはそなたから娘を守るために用心棒を雇ったと言っていた」

「向こうが嘘をついているんですぜ」

「そなたはあくまでも悪くないというわけか」

剣一郎は呆《あき》れた顔で言った。

「へえ、そうです」

「では、これからも娘に近づくつもりか」

「ええ、だって本人は俺と付き合いたいと思っているんですからね」

「娘はいやがっている。もし、これ以上、近づいたら奉行所も黙っていない。よいか」

「なぜですね。向こうだって、悪い気をもっていないんですぜ。親父が邪魔をしているだけだ」

「本気で思っているのか」

「ええ」

音次郎は大きく頷いて言った。

「そうか。仕方ない。そなたを二六時中、監視させることにしよう」

「冗談じゃありませんぜ」

「そんな性分では、牧田三十郎に痛めつけられてかなり頭にきただろうな」

「当たり前ですぜ」

「それで、そなたも浪人を雇って牧田三十郎を襲わせたのか」

「なんの話ですね」

「牧田三十郎は殺された」

「殺された？　あの浪人がですかえ」

「そうだ」

「ほんとうで？」

「ほんとうだ」

「そいつはいい気味だ。罰が当たったんですぜ」

「そなたが浪人を雇って牧田三十郎を襲わせたのではないか」

「そんなことしちゃいませんよ」

「だが、今のところ牧田三十郎が殺された理由がわからない。唯一考えられるのは、そなたとの確執だ」

「ばかな」

「動けるようになったら大番屋に来てもらう」

「どうしてですかえ。俺は関係ありませんぜ。どうして信じてくれないのですか」

「『升田屋』の娘の件で、そなたは嘘をついている。それで、信じろというのは無理だ」

「………」

「医者に確かめ、そなたが体を動かせるようになったら大番屋でじっくり話を聞くことになろう。邪魔をした」

剣一郎は立ち上がった。

部屋を出ようとしたら、灘屋が入ってきた。

「音次郎。ほんとうのことを言うのだ」

「俺はほんとうのことを……」

「まだ、言うか」

灘屋は一喝し、

「青柳さま。音次郎の傷はもう治りかけています。今からでも大番屋にしょっぴいても体には障りません。どうぞ、大番屋なり小伝馬町《こでんまちょう》の牢屋敷なり、連れていってください」

「それが子どもに向かって言うことか」

音次郎は目を剝《む》いた。

「おまえなどもう子どもでもなんでもない」

灘屋は吐き捨て、

「私があまやかしたばかりに、おまえはこんないい加減な男になってしまったのだ。質《たち》のよくない連中と付き合い、人さまに迷惑をかけるようなことばかりやってきた。おまえがなにかしでかしても、私が尻拭いをしてきた。おまえがこんなふうになったのは私の責任だ」

灘屋は剣一郎に顔を向け、

「青柳さま。どうぞ音次郎を連れていってください。ひと殺しの疑いをかけられるようではもうおしまいだ」

「なにを言っているんだ。俺はそんなことはしちゃいない」

「おまえが脚を怪我して担《かつ》ぎ込まれたとき、おまえは叫んでいたな。あの浪人を絶対に許さない。きっと殺してやると」

「違うんだ。あれは腹立ち紛《まぎ》れに口走ったんだ。本気じゃない」

「信じられぬ。おまえは手文庫から私の金をたびたび盗んでいたことも知っている」

「おとっつあん」

「いいか。日頃の行ないが悪ければ、いざというとき何を言っても信じてもらえない。もうこれ以上かばいきれぬ」

「音次郎」

剣一郎は声をかけた。

「『升田屋』の娘はおみつというのだな。わしがここに来る前、おみつはこう言った。音次郎さんはほんとうは根のやさしいひとだと」

「おみつさんが？」

「そなたがひとが変わってしまったことを嘆いていた。悪い仲間と縁を切り、まっとうな道を歩みだすのを、おみつも祈っているそうだ」

「…………」

「また、改めて話を聞きにくる」

剣一郎は言い、部屋を出ると、廊下に二十七、八歳の男が心配そうな顔で立っていた。音次郎に似ているが、穏やかな顔だちだった。

男は頭を下げた。

「そなたは？」

「音次郎の兄音太郎《おとたろう》です」

「聞いていたのか」

「はい。音次郎はほんとうは根のやさしい男なんです。私からも言ってきかせます。どうか、大番屋に連れて行くのだけはご容赦《ようしゃ》を」

音太郎は訴えた。

「うむ。心に留めておこう」

剣一郎はそう言い、『灘屋』をあとにした。

音次郎とおみつのことから清太郎とお絹のことを思い出した。清太郎が襲われた件の探索を途中でやめていることが気になった。

清太郎を近くの寺に誘《おび》き出して又蔵に襲わせた黒幕をあぶり出すことが必要かどうか、剣一郎は重たい気持ちで帰り道を急いだ。

三

橋場にある願山寺にやって来て半月近く経った。お絹と会えないことはやり切れないが、母と暮らせることは清太郎の喜びだった。

　ここで、清太郎は陸奥国白根藩水沼家の剣術指南役片岡十右衛門の次男の十兵衛から武士としての立ち居振る舞い、そして水沼家のことを学んでいた。

　水沼家の筆頭家老は八重垣頼茂というひとで、この家老が清太郎の後ろ楯になるということだった。

　わずかひと月で、水沼家の世継ぎに恥ずかしくない侍になれるものか疑問だったが、半月経って、武士としての立ち居振る舞いを苦もなく習得することが出来た。

　朝の内は十兵衛から剣術の稽古をつけてもらっている。木刀を構えた十兵衛は最初のうちはまるで巨木のように見えた。しかし、最近はだんだん等身大の男になってきた。だが、いくら打ち込んでも、清太郎の木刀が十兵衛の衣服に触れることはなかった。

　昼過ぎからは座敷で、十兵衛と対座し、兵法や儒学について講義を受けた。庭から風が吹いてきて眠気を催すこともあるが、清太郎の集中力は途切れることはなかった。

「さすが、血筋でございます」

十兵衛は感心したように言う。もう一刻も正座をしていた。その間、背筋を伸ばし、体が揺れることはなかった。

武士の堅苦しい動きも自然と出来るようになったことで、やはり自分は武士の子だったのだと実感した。

幼少期に四書五経の素読吟味をしていた。母が近くに住んでいた学者のところに通わせていたのだ。

しかし、藩主の世継ぎとなれば別だ。

「十兵衛」

清太郎は声をかけた。

「なんでしょうか」

「武士としての立ち居振る舞いはなんとか出来るようになっても、藩主の世継ぎにふさわしい男かどうかは別ではないのか」

清太郎は不安を口にする。

「いえ、今のままで十分です」

「そうかな」

清太郎は首を傾げ、

「十兵衛はどう思う？」

と、もう一度きいた。

「どうとは？」

「私に藩主が務まると思うか」

「心配いりません。自信をお持ちになってもだいじょうぶです」

しばらくして、また清太郎は声をかけた。

「十兵衛」

「はっ」

「たまには寺の外に出てみたい」

「いけませぬ」

「なぜだ？」

「万が一を考えて」

「万が一？」

「清太郎さまの出現を快く思わぬ連中もおりましょう。刺客《しかく》が放たれているやもしれません」

「その可能性はあるのか」

「用心に越したことはありません」

「刺客を放つとすれば、老中飯岡飛驒守さまか」

「さあ、迂闊《うかつ》に口にすることは憚《はばか》られますが……。それに家臣の中にも、将軍家と縁戚関係を持つことに賛成する者も少なくありません。いずれにしろ、清太郎さまの居場所を必死に探ろうとしているはず」

「飛驒守さまに内通する者がいるというわけか」

「そうです」

十兵衛は飛驒守を恐れているようだ。

将軍家の八男家正ぎみを水沼家の養子にするという飛驒守の目論見《もくろみ》を、清太郎の存在が狂わせたのは事実だ。

素直に飛驒守が引き下がるかどうか。そのことを、十兵衛は気にしているのだ。

「もし、ここに刺客が襲ってきたら、私を守れるか」

清太郎は十兵衛に問い質す。

「お守りいたします」

「十兵衛ひとりでか」

「私の手の者もふたりおりますが、ひとりでもお守りする覚悟です」

「なぜ、護衛を増やさぬ」

「いたずらに侍の姿があれば、かえって何かあると目をつけられましょう。それに、家臣とて誰が味方かわからない。そういう者を護衛に差し向けることは危険です。だから、ご家老の八重垣さまは家臣ではない私にお頼みになったのです」

「そうか」

清太郎は溜め息混じりに答え、

「お父上はまだだいじょうぶなのか。早く、お目にかかりたい」

「寝たきりで、お話もできないそうです」

「それでも会いたい。自分の父がどんな御方か、この目で見てみたい」

「あと半月の辛抱でございます」

「早められないのか」

「さあ」

「明日、ご家老の使いが私に会いにこられるということであったな」

「さようで」

「よし、私から頼んでみる」

「わかりました」

十兵衛は軽く頭を下げてから、

「では、きょうはこれまでとしましょう」

と、切りあげた。

十兵衛が部屋を出て行ったあと、母がやってきた。

「清太郎、ちゃんとこなしているようですね」

母は慈愛に満ちた目を向けた。

「ここに来て半月経ちました。まるで、見違えるようです。まことに……」

母は目頭を押さえた。

「母上、なぜお泣きに？」

半月前まで、おっかさんと呼んでいたのに、今は自然と母上と呼ぶことが出来ている。

「あなたのお父上を見ているようで」

「お父上はどのような御方だったのですか」

「まだ、二十歳を過ぎたばかり。奔放《ほんぽう》なひとでした」

母は目を細めた。

「なぜ、私を『香木堂』に奉公させたのですか」

「その時は武士にさせたくはなかったのです」

「なぜ、ですか」

「武士の世界は厳しいし、不条理なこともたくさんあります。今回のことでとてもそうです。世継ぎがいないから清太郎が引っ張りだされたのです。最初、この話を聞いたとき、私はお断りしました。貧しくても平凡に暮らしたい。母の望みはそれだけでした」

母は険しい表情になった。

「なら、どうして？」

「御家のため、領民のためという説得に……。そういう血筋に生まれた宿命に逆らえなかったのです」

「…………」

「白根藩水沼家で、どういう暮らしが待っているか。母には想像がつきません。しかし、あなたには天から与えられた使命があるのです。どうか、その使命を全うしてください」

「わかりました。母上といっしょに暮らせるのです。私はその使命を果たします」

　そして、お絹を迎える。正室が無理でも、側室として。

「母上、お願いがあります」

「なんですか」

「『香木堂』のお絹さんに会いたいのです」

「今はいけません」

　母は首を横に振った。

「なぜですか」

「危険です。十兵衛どのが言ってました。密偵が探していると。それに、もし、あなたとの関係がわかったら、お絹さんに危険が及ばないとも限りません」

「…………」

「ここはつらいでしょうが、耐えるのです」

「そんな」

　清太郎はいきなり立ち上がり、濡《ぬ》れ縁《えん》に出た。

　橋場から『香木堂』のある阿部川町まで四半刻（三十分）もかからない。半刻（一時間）もあれば行ってこられる。

庭に目をやりながら、内証《ないしょう》で行ってみようかと思った。暗くなってから、闇《やみ》に紛れて動けば見つからないはずだ。

植込みの中に人影が見えた。庭師の格好をしているが、十兵衛の手の者だ。何人かいて、日夜清太郎の警護に当たっている。

あの警護の者の目を逃れていかねばならない。清太郎は無性にお絹に会いたくなり、思わずお絹と叫んでいた。

お絹ははっとして立ち上がり、急いで廊下に出て庭に目をやった。暗闇をじっと見つめる。

「清太郎さん、どこ？」

お絹は呼びかけた。だが、返事はない。清太郎の声を聞いたような気がしたのだ。

幻聴だったか。お絹は落胆した。

「お絹」

襖《ふすま》の外で、父の呼ぶ声が聞こえた。

「どうぞ」

お絹は部屋に戻った。

父が入ってきた。

「明日、私に付き合ってもらいたい」

目の前に腰を下ろして、父は言う。

「はい。どちらに？」

「『近江屋』さんに招かれている」

「『近江屋』さん？」

お絹は顔色を変えた。

「どうして、私が『近江屋』さんに？」

「近江屋さんがおまえに会いたがっているのだ」

「なぜですか」

「…………」

「まさか、覚次郎さんとのことではないでしょうね」

「うむ」

「私には清太郎さんがいるのです。覚次郎さんとのことでしたらお断りいたします」

「お絹」

　父は厳しい顔になって、

「清太郎はお店を辞めて行ったんだ。江戸を離れた。もう、おまえとは縁がなくなったのだ」

「いえ。清太郎さんは落ち着いたら私を迎えにくると約束してくれたんです」

「そんなはずはない。それに清太郎は単なる奉公人だ。おまえにふさわしい男ではない」

「おとっつあんは清太郎さんとの仲を認めてくれたじゃないですか。あれは嘘だったの？」

　お絹は激しくきいた。

「今さらそんなことを言っても仕方ない」

「ひょっとして、おとっつあんは清太郎さんが辞めて行くのを知っていて、私にあんなことを……。そうなのね、ずるいわ」

「お絹。おまえにはちゃんとしたところから婿を迎える」

「それが『近江屋』の覚次郎さんね」

「そうだ。覚次郎さんを婿に迎え、おまえといっしょに『香木堂』を大きくしてもらいたい。近江屋さんも力になってくれる」

「やっぱり、嘘だったのね」

「いや、嘘ではない。だが、もう清太郎はいないんだ。いない男をいつまで待っていても仕方ないではないか。目の前のことをよく見るのだ。よいな、明日だ」

父は念を押し、部屋を出て行った。

「清太郎さん。水戸のどこにいるの」

お絹は水戸に旅立ちたい衝動にかられていた。

四

翌日、剣一郎は阿部川町の『香木堂』を訪れた。

店に入ると、番頭が近寄ってきた。

「青柳さま。今、主人を呼んで……」

「いや、お絹に会いたい」

剣一郎の言葉に、番頭は戸惑《とまど》いながら奥に向かった。

しばらくして、お絹がやってきた。

「通りかかったので、寄ってみた」

「あの、外でよろしいでしょうか」

お絹は遠慮がちに言う。

「もちろんだ」

「新堀川まで」

「わかった」

お絹は新堀川の柳のところまで行った。そこで、お絹は深い溜め息をついた。

「ひょっとして、ここで清太郎とよく会っていたのではないか」

「はい」

お絹は懐かしむように目を細めた。

「その後、清太郎から便りは？」

「いえ、まだ」

「父親のほうから何か言ってきたか」

「はい」

「どうした、浮かない顔だが？」

「おとっつあんが清太郎さんとの仲を認めてくれたのは嘘だったんです。清太郎さんが江戸を離れることを知った上で、あんなことを」

「やはり、婿の話を持ってきたのか」

「はい。今日、『近江屋』さんに行くようにおとっつあんから強く言われています。おとっつあんは覚次郎さんを婿に迎えたいんです」

お絹は不快そうに眉根を寄せた。

「店のことを考えれば、『近江屋』から婿を迎えたほうがいい。今後何かと援助が期待出来るからな」

「青柳さま」

お絹が厳しい表情で、

「清太郎さんが襲われた件ですが、ごろつきに命じた男はまだわからないのですか」

と、きいた。

「じつは調べは進んでいないのだ。清太郎が店を辞めていき、もう襲われることもないだろうと思ってな」

「そうですか」

「そのことが何か」

「じつは、清太郎さんを襲わせたのは『近江屋』の覚次郎さんではないかと」

お絹は息を詰めるようにして言った。

「いや、覚次郎ではないと思う」

「どうしてですか。『飛鳥屋』の栄太郎さんの名を騙っているんです。覚次郎さんなら栄太郎さんのことも知っているんです」

「覚次郎を見て、そこまでするような男と思うのか」

「いえ」

「わしは会っていないのでなんとも言えぬが、覚次郎ではないような気がする」

「では、誰が？」

「お絹。清太郎に怪我はなかったのだ。深く詮索する必要はないと思うが。もしかしたら、逆恨みということもある。清太郎は女子の客に人気があったそうだな。清太郎に色目を使っていた女もいたかもしれない。相手にされなかった腹いせに、ごろつきを雇ったとも考えられなくもない。考え出したらきりがない」

「…………」

「どうだ？　そのことは深く考えずともよいのではないか」

「わかりました。青柳さまの仰るようにもう忘れることにします」

「それがいい。それから、『近江屋』に呼ばれた件だが、せっかくの誘いだ。素直に従ったらどうだ。縁組の話になったら、正直に覚次郎に自分の思いを伝えるのだ。清太郎の迎えを待っているとな」

「はい。なんだかすっきりしました。ありがとうございました」

お絹は微笑《ほほえ》みを浮かべた。

これから、三味線《しゃみせん》の稽古に行くというお絹と別れた剣一郎は、再び『香木堂』に行った。

店先にちょうど主人の重吉がいた。話があると言うと、客間に通された。

「清太郎が『飛鳥屋』の若旦那からの呼び出しと言われて出向いた先で、ごろつきに襲われたことで、お絹が『近江屋』の覚次郎の差し金ではないかと疑っていた」

「お絹がそんなことを」

重吉が微《かす》かにうろたえた。

「そなたは、覚次郎をお絹の婿にしたいそうだな」

「出来ましたら」

「婿の実家の援助が期待出来るからか」

「いえ、そういうわけでは」

「清太郎がいるときからそう思っていたのか」

「ええ、まあ」

重吉は俯《うつむ》く。

「お絹はそなたが清太郎との仲を認めてくれたと言っていたが、清太郎が店を辞めるとわかったあとで、そう言ったのではないか。ふたりの仲を裂いたらお絹に恨まれる。それで清太郎の都合で別れなければならなくなったことにするために、あえてお絹に清太郎との仲を認めるようなことを言ったのではないのか」

「いえ、そうではありません」

「しかし、本心は清太郎と別れさせたかったのであろう」

「いえ、そんなことは」

「しかし、覚次郎をお絹の婿に考えているのであろう」

「清太郎がいなくなってからそう考えたのです」

重吉は訴えた。

「それにしては急だな」

「何がでしょうか」

「今日、お絹を連れて『近江屋』に行くそうだな。清太郎がいなくなって半月で、ずいぶん話が進んでいるように思える」

「そんなことはないと思いますが」

「ほんとうは『近江屋』の主人から急かされていたのではないのか」

「とんでもない」

　重吉はむきになって否定し、

「青柳さま。お言葉を返すようですが、仮にそういうことがあったとしても、他人からとやかく言われるようなことではないと思いますが」

　と、開き直ったように言った。

「それだけなら確かにそうだ。他人が口出しすることではない」

　剣一郎は厳しい表情になり、

「だが、清太郎は襲われたのだ」

　と、重吉に迫るように続けた。

「襲ったのは又蔵という男とその仲間だ。清太郎が夕七つ（午後四時）を過ぎれば店番がおわると知っていたその男は『香木堂』の諸々の事情に詳しいようだ」

「…………」

「わしは、この事件の探索を途中でやめた。清太郎に怪我がなく、さらに清太郎が『香木堂』を辞めて江戸を離れることから、もう二度と襲われることはないだろうと睨《にら》んだからでもあるが、それだけではない」

剣一郎は重吉を睨みすえ、

「犯人をあぶり出したあとの影響を考えたからだ。ありていに言えば、お絹の心を案じたからだ。重吉、ここまで言えばわかるな」

重吉ははっとした。

「事実を知ったら、お絹はどんなに傷つき、悲しむか」

「…………」

重吉はがくっと肩を落とした。

「よいか。店のことよりお絹のことを第一に考えてやることだ」

剣一郎は強く言ってから、

「それから、『飛鳥屋』の若旦那を名乗って、又蔵に近づいた男は誰だ？　そのことで、逆にそなたを強請《ゆす》りにかかることはないか」

「だいじょうぶです」

「重吉、認めたな」

「…………」

「もし、強請られたら、すぐわしに知らせるのだ。お絹に気取られないよう片をつけねばならぬ」

剣一郎は腰を上げ、

「お絹の心に寄り添ってやることだ。邪魔をした」

と言い、客間を出た。

浅草阿部川町から、剣一郎は本郷に向かった。上野山下《うえのやました》から池之端仲町《いけのはたなかちょう》を経て湯島切通《ゆしまきりとお》しを抜けて本郷菊坂台町にやってきた。

菊坂台町にある『灘屋』に寄った。

灘屋が店番をしていた。

「音次郎はどうしている？」

「あれからずっと喋《しゃべ》らないのです」

「喋らない？」

「はい。何かと悪態をついていたのに、牙《きば》を抜かれたようにおとなしいのです。薄気味悪いくらい」

「会わせてもらおう」

「はい」

灘屋は剣一郎を奥の部屋に案内した。

音次郎はふとんの上に起き上がっていたが、惚《ほう》けたように庭に目をやっていた。急に蟬が鳴きだした。

剣一郎の顔を見て、音次郎は投げ出していた脚を曲げて居住まいを正した。

「脚はいいのか」

剣一郎は腰を下ろしてきいた。

「痛みは引きました」

音次郎は答えた。

昨日と印象がまったく違う。顔つきも別人のようだ。

「青柳さま。昨日は嘘をついていました。『升田屋』のおみつさんに一方的に付きまとっていたんです。いやがるのを無視して」

音次郎はようやくほんとうのことを口にした。

「間違いないか」

「間違いありません。俺のほうから言い寄っていました。向こうが用心棒を雇ったと知って、虚仮《こけ》にされたと思って反発して仲間をかたらい……」

「そうか。もう、おみつに付きまとうつもりはないのだな」

「はい」

「もう二度と『升田屋』の娘に近づかないと誓うか」

「誓います」

「音次郎、この場限りの偽りではあるまいな」

剣一郎は確かめる。

「違います。おみつさんが俺のことを心配してくれていたという青柳さまの言葉が胸に突き刺さりました。ひとりで僻《ひが》んで、俺は……」

「なにを僻んだのだ?」

「今まで、なにをしでかしても、おとっつあんは俺を叱らなかった」

「待て」

剣一郎は音次郎の言葉を制し、

「そなたの話を父御にも聞いてもらおう。いいな」

「はい」

剣一郎は立ち上がり、部屋を出て奥に呼びかけた。

内儀が顔を出した。

「主人を呼んでもらいたい」

「わかりました」

内儀は去って行く。

しばらくして、灘屋がやってきた。

「音次郎の話を聞いてもらいたい」

「はい」

灘屋は音次郎の横に座った。

「音次郎、さっきの言葉から続けよ」

「はい」

音次郎は素直に応じた。

「今まで、なにをしでかしても、おとっつあんは俺を叱らなかった」

「だから図に乗って」

灘屋が言うのを、

「いや、そうではないだろう。音次郎は叱ってもらいたかったのだ。そうではないか」

と、剣一郎は音次郎に確かめた。

「…………」

音次郎は黙っていた。

「音次郎。そうなのか」

灘屋が確かめる。

音次郎は顔を上げた。

「この前、おとっつあんに叱責されてうれしかった」

「なに、うれしかった？」

灘屋は意外そうな顔をした。

「兄さんがいつもおとっつあんから叱られているのを見ていて、うらやましかったんだ。期待されているからだ。俺は期待されていないんだと思った」

音次郎は呻《うめ》くように言った。

「そんなふうに思っていたのか。音太郎は『灘屋』を継ぐ男だから商売を教え込むために厳しいことを……」

「音次郎とて、いずれどこぞに養子に行くか、『灘屋』の出店を出すのかわからぬが、厳しく商売を教え込む必要があったのではないか」

剣一郎は口をはさむ。

「そうですが……」

「俺は期待されていないんだと思った。いてもいなくてもどっちでもいい存在なんだと……。そう思うと、だんだん気持ちが歪んでいったんです。わざと道を外れたことをしておとっつあんたちを困らせようと」

「ばかな」

瀬屋は唖然《あぜん》となって、

「『瀬屋』を継げない音次郎が不憫《ふびん》で、自分のやりたいことをやらそうとして……」

と、言い訳をした。

「音次郎にとっては自分は見捨てられたのだと思うほどのことだったのだ」

「なんということだ」

瀬屋は肩を落とした。

「音次郎……、すまなかった。私はおまえの気持ちをこれっぽっちも考えなかった……」

瀬屋は声を詰まらせた。

「いや、おとっつあんが悪いんじゃない。俺が勝手に僻んで……」

音次郎も自分を責めた。

「ともかく、よかった。わしはそろそろ退散することにしよう」

剣一郎は立ち上がった。

「青柳さま。大番屋へは？」

音次郎がきいた。

「もう、その必要はない。そなたを信じよう」

「青柳さま」

音次郎は深々と頭を下げた。

部屋を出ようとして、剣一郎は振り返った。

「音次郎。言い忘れたことがある」

「はい」

「さきほど、もう二度と『升田屋』の娘に近づかないと誓ったが、改心したそなたの姿を見ればおみつも安心するかもしれない。いや、一度失った信頼はなかなか取り戻せないだろう。そのとき、おみつが会いたくないと言ったら、素直に退散するのだ」

「そうします」

「では」

「あっ、青柳さま」

音次郎は呼び止めた。

「何か」

「牧田三十郎のことで思いだしたことが。おみつに会いにいったとき、俺の前に牧田三十郎がやってきて、俺を投げ飛ばしました。地べたに叩きつけられて動けなくなった俺に、もう『升田屋』の娘に近づくなと言い、去って行きました。その後ろ姿を目で追っていたら、修験者らしきひとが牧田三十郎に声を」

「なに、修験者だと」

「はい」

「顔を見たか」

「いえ、後ろ姿だけです」

「そうか。わかった。参考になった」

剣一郎は礼を言い、『灘屋』をあとにした。

五

一刻余り後、剣一郎は本郷から深川の佐賀町にやって来た。

殺された浪人の糸山鎌之助が住んでいた長屋に行くと、先日会った女が洗濯物を取り込んでいた。強い陽射しですぐ乾くようだ。

「青柳さま」

女房は手を止めて、顔を向けた。

「また、教えてもらいたいのだが」

「はい」

「この近くで、修験者を見かけたことはないか」

「修験者?」

「山伏だ」

「そう言えば……」

女房は思いだしたように大きく頷き、

「『恵比寿屋』の近くで修験者を見かけました」

「どんな顔の男だ？」

「白い髭を生やした浅黒い顔でした」

「そうか。わかった」

長屋木戸を出て、『恵比寿屋』に行った。

「これは青柳さま」

小机の前に座っていた主人が言う。

「ちょっと訊ねたい。店の近くで修験者を見かけたことはあるか」

「あります」

「あるのか」

横合いから手代が答えた。

「はい。使いから帰ってきたら、店の近くに立っていました」

「どんな顔をしていた？」

「白い髭を生やした浅黒い顔の男です。年寄りか若いのかわからない不思議な顔でした」

「何をしていたかわかるか」

「わかりません」

「いつだ、見たのは？」

「ひと月前です」

「最近は？」

「見かけません」

「よく思いだしてくれた」

白い髭の修験者か、と剣一郎はようやく手掛かりを得たような気になっていた。


濡れ縁に出ると、草いきれでむっとした。今日も暑い一日だった。が、夜になって風が出てきた。釣りしのぶの風鈴が軽やかな音を鳴らしていた。

八丁堀の屋敷に太助と京之進がいっしょにやってきて、剣一郎は濡れ縁から部屋に戻った。門の前でばったり会ったのだという。

「では、私から」

京之進が口火を切った。

「松原多聞の朋輩である三笠純平どのからようやく話を聞くことが出来ました。松原多聞は讃岐国高松藩の浪人で、不正を働いていた上役の罠《わな》にはまって、横領の罪を着せられて藩を追われたということです」

　京之進は息継ぎをして、

「ところが最近になって、松原多聞の名誉を挽回《ばんかい》し、帰参が叶《かな》うように尽力してくれる御方が現われたそうです。それはいいのですが、そのために謝礼が必要だと」

「なに、無実の罪を着せられただけなのに、名誉回復に金が必要だというのか」

　剣一郎は呆れた。

「なんでも、その御方だけが不正の実態を知っており、名誉回復にはその御方の力が必要だとか。ですから帰参を実現するためにその御方に払う金を作らねばならないということだったそうです」

「いくら必要なのだ」

「五十両だそうです」

「五十両か。では、松原多聞は五十両を作ろうとしていたのだな」

「はい。三笠どのはそう仰っておいででした」

「金か……。そういえば、糸山鎌之助も金を欲していたようだ。やはり、殺された浪人たちは金になることに手を染めていたのかもしれぬな」

「はい。それで、三笠どのがこんなことを言っていました。松原多聞は修験者と親しくしているようだったと」

「なに、修験者とな。どんな修験者だ?」

剣一郎は目を見開いてきいた。

「頭巾をつけ、篠懸衣《すずかけごろも》をまとって錫杖《しやくじよう》を持った白い髭の男だそうです」

「うむ」

剣一郎は大きく溜め息をついた。

「何か」

京之進は身を乗り出した。

「牧田三十郎と糸山鎌之助の周辺にも同じ特徴の修験者が現われていた」

「ほんとうですか」

剣一郎は、牧田三十郎や糸山鎌之助と修験者の関わりについて考えを話した。

「そのことですが」

太助が口を差し入れた。

「今、根岸《ねぎし》に、霊験あらたかな修験者が道場を開いていて、たいそうな人気だそうです。羽黒山で修行を積んだということです」

「根岸の道場のことは私も聞いていますが」

京之進が厳しい表情で、

「三人ともその道場と関わりが？」

「まだ、わからぬが、三人の殺されようがどうもふつうではないように思えてな。宗教がらみも考えてみる価値があると思って、太助に調べさせたのだ」

「もうひとつあります」

太助は口にした。

「戸隠山の修験者です。押上村《おしあげむら》に祈禱所を建てて信者を呼び寄せています。この両者は町に出て御札を売ったりしていますが、町で出くわして一触即発の事態になったこともあるそうです」

「三人はふたつの道場の対立に巻き込まれた可能性もありますね」

京之進は興奮して言う。

「うむ。ともかく、白い髭の修験者がいるかどうか確かめることが先決だ」

剣一郎が言ったとき、多恵の声がした。

「失礼します」

多恵が襖を開けて、顔を覗かせ、

「京之進どの、お屋敷の御方が。急用だそうです」

と、伝えた。

「失礼します」

京之進は剣一郎に断り、玄関に行った。

すぐに顔色を変えて、京之進は戻ってきた。

「青柳さま。三十間堀《さんじつけんぼり》の木挽橋《こびきばし》近くで、また浪人の死体が見つかったそうです」

「…………」

剣一郎はすぐに言葉が出なかった。

「これから現場に行ってきます」

「わしもあとから行く」

「はっ」

京之進が部屋を飛び出したあと、剣一郎も着替えて、太助とともに木挽橋に向かった。

現場は木挽橋から汐留《しおどめ》寄りで、提灯《ちょうちん》の明かりが川面《かわも》に映っていた。すでに亡骸は陸《おか》に引き上げられていた。

京之進が亡骸を検めていた。

剣一郎も近づく。

「やはり浪人です。袈裟懸けのあと胴を横一文字に斬られています」

京之進が厳しい顔で言う。

剣一郎は合掌してから亡骸を覗き込んだ。不精髭を生やした四角い顔の男だ。

「殺されて一日経ったぐらいだな」

剣一郎は呟き、

「どうしてひとの亡骸を菰に巻いて川に棄てられるのか。慈悲はないのか」

と、怒りを抑えきれなかった。

「不審な舟を見ていた者がいるかもしれません」

京之進は言ったが、仮に舟を見ていた者がいたとしても、暗闇の中で遺棄されたろうから、手掛かりがつかめるか期待は出来ないと思った。


翌日、剣一郎は太助の案内で、音無川《おとなしがわ》沿いの根岸にやってきた。

背後に谷中《やなか》の崖がそびえている。その手前の木立の中に、平屋の建物があった。入口に『羽黒山修験者・虎《とら》の行者《ぎようじや》』という看板が出ていた。

蟬の鳴き声がうるさい。鳴き声の違う蟬がいっしょに鳴いている。建物に近づくと、中から祈禱の声が聞こえる。

戸口に立ち、中を窺《うかが》う。広い土間には信者の履物が並んでいた。薄暗い奥に護《ご》摩壇《まだん》があって、その前で修験者らしい男が祈禱をしている。あの者が虎の行者か。十人ほどの信者もいっしょになって何やら唱えている。

胡散《うさん》臭いと剣一郎は思った。

「買い求めた御札を祭壇に納めて祈禱してもらえるそうです」

太助が言う。

「かなり儲《もう》かりそうだな」

ひとの弱みにつけ込んでの商法ではないかと思ったが、信者は信じきっているのだろう。剣一郎が複雑な思いで様子を窺っていると、中から半纏《はんてん》を着た男がこっちを見ているのに気づいた。ここで働いている男のようだった。

「怪しまれぬうちに去ろう」

剣一郎と太助はその場を離れた。

建物の周囲を歩いたが、浪人らしい姿を見ることはなかった。

それから半刻（一時間）後、祈禱が終わったらしく、老若男女《ろうにゃくなんにょ》の信者たちがでてきた。

「誰かにきいてみよう」

　商家の旦那ふうの四十ぐらいの男が歩いてきた。

　太助が男に声をかけた。

「ちょっと話を聞かせてくれませんか」

「……………」

「虎の行者についてだ」

　剣一郎は編笠を少し上げて言う。

「青柳さまでは」

「うむ」

「今、祈禱していたのが虎の行者だな」

「そうです」

「いくつぐらいの男だ？」

「四十半ばぐらいでしょうか」

「そなたは何のために虎の行者のところに？」

「じつは娘が病で……」

　商家の旦那ふうの男は表情を曇らせた。

「医者ではなく神仏に頼るのか」

剣一郎は驚いてきく。

「医者からは見放されています」

男は沈痛な表情で言う。色白で、顎《あご》に黒子《ほくろ》があった。

「そうか」

剣一郎は痛ましげに、

「で、霊験はどうか」

と、きいた。

「まだ、祈りが足りないようです」

「祈りが足りないですって」

太助が呆れたように言った。

「はい。もっと御札を買い求め、祈禱をしていただかないといけないということです」

男は太助に顔を向けて言う。

「御札はいくらなのだ?」

剣一郎はきいた。

「私が買い求めたのは甲乙丙《こうおつへい》の甲の御札で一両です」

「一両とな」

剣一郎は眉根を寄せ、

「今までいくら使った？」

「六両です。五日ごとに祈禱をしてもらっています」

「ひと月経ったのか。これからさらに御札を買い続けるのか」

剣一郎は呆れたように言う。

「娘にとりついた病魔は力が強い。対抗するためにはさらに祈禱を続けなければならないそうです」

「信じているのか」

「…………」

「どうして虎の行者のことを知ったのだ？」

「私の店先に修験者が立って、この家に魔が潜んでいると叫ばれたのです。娘の病気もその魔のせいだと言われ……。娘の病気のことを見抜いていたのです」

「医者が出入りをしているのを見て病人がいると思っただけかもしれぬ。やはり、弱みにつけ込まれたようだな」

剣一郎は眉根を寄せた。

「続けるかどうか、家族とよく相談したほうがいい」

「はい。そういたします」

「もうひとつききたい。あの道場で浪人を見かけたことはあるか」

「いえ」

「白い髭を生やした浅黒い顔の修験者を見かけたことは？」

「いえ、ありません」

「そうか。ところでそなたの名は？」

「はい、池之端仲町の太物《ふともの》問屋『上総屋《かずさや》』の孫兵衛《まごべえ》と申します」

「わかった。呼び止めてすまなかった」

「失礼します」

孫兵衛が去って行ったあと、

「どうも胡散臭いですね」

と、太助は不快そうに言った。

「うむ。だが、それだけではどうにもならぬ」

剣一郎は憤然という。

修験者などは寺社奉行《じしやぶぎよう》の管轄だ。怪しいと思っても慎重にならざるを得なかった。

それから、三ノ輪《みのわ》を経て浅草を通り、吾妻橋《あずまばし》を渡って押上村にやってきた。蟬の鳴き声があちこちから聞こえる。途中、百姓の男に場所をきくと、木立のほうを指差した。

そのほうに向かうと、木立の中に百姓家を直したような建物が見えた。規模としては、根岸の道場よりはるかに小さい。

入口には『戸隠山修験者・鬼仙坊《きざんぼう》』とあった。中を覗くと、右手に御札の売り場があり、何人かが並んでいた。

少し離れてから、歩いてきた信者らしい商家の内儀ふうの女に声をかけた。

「鬼仙坊に行くのか」

「はい」

「なんの祈願で？」

「家内安全、商売繁盛です」

「もう何度か祈禱を受けているのか」

「まだ一度だけです」

「今日も祈禱を受けるのか」

「いえ、今日は不動明王《ふどうみようおう》の掛け軸を買い求めに参りました」

「不動明王の掛け軸？」

「はい。家の床の間に飾っておくと魔が退散し、運が開けるそうです」

内儀は確信したように言う。

「どうして、鬼仙坊のことを知ったのだ？」

「駒形町にある、『嵯峨屋《さがや》』というお蕎麦屋《そばや》さんの噂を聞きました。『嵯峨屋』さんの居間の床の間に、不動明王の掛け軸が掛けてあるそうです」

「『嵯峨屋』は霊験があったのか」

「あったようです」

「『嵯峨屋』の主人が言っていたのか」

「いえ、修験者のひとりが」

「修験者は何人いるのだ？」

「五人です」

「白い髭を生やした浅黒い顔の修験者はいるか」

「いえ、いません」

「そうか。呼び止めてすまなかった」

「いいえ」

内儀は言い、鬼仙坊の建物に向かった。

「虎の行者と鬼仙坊か。同じようなことをしているな」

剣一郎は複雑な思いで商家の内儀ふうの女を見送った。

これほどの多くの者たちが祈禱やまじないに頼ることに、剣一郎は衝撃を受けた。人々は常に不安を抱えているのだ。江戸の人々の平安を守る役目を担う者として忸怩《じくじ》たるものがあった。

第三章　別　れ

一

相変わらずの炎暑が続いているが、朝晩は涼しい風が吹くようになった。夕暮れになると、突然けたたましく、かなかなとヒグラシが鳴き出した。アブラゼミやミンミンゼミと違って夏の終わりを思わせるような哀調を感じながら、清太郎は濡《ぬ》れ縁《えん》に出ていた。

さっき、片岡十兵衛から言い渡された。明日、水沼家上屋敷の江戸家老が、国表から出向いてきた次席家老とともにこの寺にやってくるという。

清太郎が藩主高政公の本物の子かどうかの取り調べだ。国表からは他に、普段は藩士の監察を行なう大目付もいっしょにやってくる。

普段どおりに応対すればよいとのことだが、清太郎は落ち着かない。自分の存在が水沼家を救うことになるという使命感でなんとか気丈に保っているが、本音では藩主にふさわしくないと決めつけられて追い出されることを願っていた。

「清太郎」

母が部屋に入ってきた。

「明日は上屋敷からご家老たちが参ります」

「私が藩主になれる器かどうか、自信がありません」

清太郎は正直に言う。

「血は隠しようもないものです。自信を持って堂々と振る舞いなさい」

「はい」

自分が水沼家を継げば、母は藩主の実母として大事にされるだろう。やはり、母のためにも運命に逆らわず、流れに身を任せようと思った。

「父上のためでもあり、母のためでもあります。そして、なにより水沼家のためなのです。どうか、あなたは誇りを持って明日はことに当たるのです」

母は強い御方だと改めて思った。

母は父と別れたあと、女手ひとつで清太郎を育ててきたのだ。そのためにはどんな苦労があったか。心が折れそうになったこともあろう。だが、母は清太郎のために苦難を乗り越えてきたのだ。清太郎の仕合わせだけを願って……。

その夜は、なかなか寝つけなかった。脳裏《のうり》を過《よぎ》るのはお絹のことばかりだ。無性にお絹に会いたかった。

翌朝、清太郎は水を頭からかぶって身を清め、母が用意をしてくれた白の紗綾《さや》の小袖に薄緑色の袴《はかま》で身を包み、江戸家老らの到着を待った。

四つ（午前十時）に江戸家老らの一行が到着した。

広間で、江戸家老市原郡太夫、国表の次席家老榊原伊兵衛が並び、一段下がって大目付石川鉄太郎《いしかわてつたろう》が着座した。眉が太く、鋭い眼光だ。

清太郎は十兵衛と並んで三人と向き合って腰を下ろした。

「清太郎ぎみにございます」

十兵衛が引き合わせた。

「清太郎です」

清太郎はよく通る声で名乗った。

「そなたが清太郎ぎみであるか」

次席家老の榊原伊兵衛が目を見開いて言う。

「はい」

「凛々《りり》しい若者ではないか」

伊兵衛は感に堪《た》えないように言ったが、江戸家老の市原郡太夫は厳しい顔で口を真一文字にしていた。この男が、老中飯岡飛騨守を後ろ楯に将軍家と水沼家の縁戚関係を結ぼうとしているのだ。

「私は大目付の石川鉄太郎と申します。役儀柄、いくつか質問をさせていただきます」

石川鉄太郎が切り出し、

「あなたが生まれた場所は？」

「白根藩領の山森村《やまもりむら》の母の実家です」

清太郎は答える。

「母の名は？」

「お里です」

「母御から父親の名を聞いたことは？」

「ございます」

「誰か？」

「母からは、水沼高政公であると聞いております。母は若いころ、『月の家』で女中をしていたそうです。そのとき、高政公に……」

「母御の言葉を信じたのか」

「はい、母から短刀と書付を渡されて実感しました」

「その短刀と書付を見せてもらいたい」

「畏《かしこ》まりました」

清太郎は懐《ふところ》から短刀と御墨付きを取り出した。

控えていた家来がそれを大目付石川鉄太郎に手渡した。

鉄太郎は漆塗《うるしぬ》りの鞘《さや》の紋を確かめ、それから短刀を鞘から抜いた。刃が光った。鉄太郎は大きく息を吐《は》き、鞘に納めた。

その短刀を江戸家老の市原郡太夫に渡し、鉄太郎は御墨付きを開いた。

やがて、鉄太郎は大きく頷《うなず》き、御墨付きを折り畳《たた》んで郡太夫にまわした。

郡太夫と伊兵衛が証拠の品を見たのを確かめてから、鉄太郎は口を開いた。

「本物に相違ありません」

鉄太郎はふたりの家老に説明する。

「この短刀は高政公が誕生された際、先君から賜《たまわ》った二つ竜のうちの花影《はなかげ》の剣です。桔梗《ききょう》の花の文様が彫られています。高政公が所持するもうひとつの月影の剣と対をなすもの」

さらに、鉄太郎は続ける。

「御墨付きの筆跡も高政公のものに間違いありません」

「うむ」

郡太夫は厳しい顔で頷く。

「念のために、母御からも話を聞きたい」

鉄太郎は清太郎に声をかけた。

「わかりました」

清太郎は一礼してから十兵衛に顔を向けた。

「はっ」

十兵衛はすぐに腰を上げ、部屋を出て行った。

ほどなく、母を連れて戻ってきた。

母は清太郎の横に腰を下ろした。

「少し、確かめたいことがございます」

鉄太郎が口を開いた。

「まず、名を」

「里にございます」

母は頭を下げた。

「そなたと高政公との出会いはどこであるか」

「二十年前、私は白根城下の立花町にあった『月の家』という料理屋で女中をしておりました。そこに、小太郎《こたろう》さまが八重垣又四郎《またしろう》さまとよく遊びにきていました」

「『月の家』の女将《おかみ》の名は？」

「確か、お春《はる》さんです」

「うむ」

鉄太郎は頷く。二十年前のことを調べてきていて、その上で食い違いや矛盾がないか確かめているのだ。

「小太郎というのは高政公であるな」

鉄太郎が続ける。

「はい」

「八重垣又四郎とは、筆頭家老八重垣頼茂さまのことであるな」

「そうです」

「そこで、そなたは小太郎さまと親しくなったのか」

「はい。さようでございます」

「そのことは又四郎さまも知っていましたのか」

「知っていました。あのおふた方は兄弟のように仲がよろしかったですから」

「で、身籠もったことを小太郎さまに話したのだな」

「はい。最初は黙って産もうと思い、『月の家』を辞め、在方の実家に帰ることにしました。小太郎さまからなぜ辞めるのかと問いつめられて、身籠もったことをお話しいたしました」

「小太郎さまの反応は？」

「驚いておりましたが、じつはと身分を明かしてくれました。私は恐れ多く息が詰まるほどでした。子どもが生まれたことを知った小太郎さまは実家までこられて、清太郎を抱き抱えてくれました。しかし、小太郎さまはそなたや生まれてくる子を迎えてやることは出来ない。だが、自分の子どもである証《あかし》を渡しておくと」

「それがこの短刀と御墨付きだな」

「はい」

「子どもを産んだあと、実家で暮らしていたのか」

「いえ。もし藩主になられるお方の子だと知れたら、どんな悪巧みを持つ者が現われるかもしれないと思い、生後半年の我が子を連れて江戸に向かいました」

「子どもとふたりで江戸に向かったのか」

「いえ、小太郎さまが与助《よすけ》さんという下男をつけてくださいました。当時で、五十近かったと思いますが、達者で、江戸での暮らしを助けてくれました。しかし、与助さんがいなくなったあとは、私と清太郎で生きてきました」

「清太郎どのは浅草阿部川町にある『香木堂』に奉公をしていた。そなたは清太郎どのには高政公のご落胤《らくいん》であることを話していなかったのであるか」

鉄太郎は感情を押し殺した声できく。

「はい。まったく関係なく育てていました。名乗り出るつもりもありませんでした」

「ならば、証拠の品である短刀も御墨付きも不要ではなかったか。なぜ、大事に持っていたのだ?」

「清太郎の父親である証です。名乗り出ることはなくとも、高政さまが父親であることはいつか清太郎に話したいと思っていました」

「そうか」

　鉄太郎はふたりの家老に向かい、

「私のほうからは以上です。何かお訊ねがございましたら」

　と、声をかけた。

「そのほう」

　江戸家老の市原郡太夫が口を開いた。

「生後半年の清太郎どのを連れて江戸に行ったということであったが、江戸には知り合いがいたのか」

「いえ、与助さんに頼り切りでした。与助さんはもともと江戸のひとでしたから。深川で商売をしていましたが、与助さんがいなくなって、浅草聖天町に引っ越すことにしたのです」

「八重垣どのはそなたをすぐに探し出したようだ。八重垣どのはそなたの居場所を知っていたのか」

「それはわかりません。八重垣さまのお使いとして片岡十兵衛さまが現われたとき、私も驚きました」

「うむ」

郡太夫は不快そうに顔を歪《ゆが》めた。

「もはや、これ以上調べることはあるまい」

伊兵衛は満足そうに頷いて言い、

「いかがか、市原どの」

と、きいた。

「…………」

「明日、上屋敷にて他の重役方にお披露目をし、明後日の朝、国表に向かって出立したい。八重垣さまからもそのように言われておりますので」

伊兵衛が郡太夫に言い、

「清太郎どのもよろしいですか。明後日の早暁、国表に出立します」

と、清太郎に顔を向けた。

「わかりました」

清太郎は深々と頭を下げた。

家老たちが引き上げたあと、見送りに出た十兵衛が戻ってきた。

「お疲れさまでした」

「いよいよ父上とお会い出来る」

清太郎は呟《つぶや》いた。

「もはやひとの顔も理解出来ないようです。ご対面しても何の反応もないと八重垣さまが仰《おつしや》っておいでした」

十兵衛が痛ましげに言う。

「それでも、生きているうちにひと目お目にかかりたい」

「はい」

十兵衛は頷いた。

「十兵衛、頼みがある」

「なんでしょうか」

「阿部川町まで行ってきたい」

「それは……」

「江戸を離れる前にお絹さんにもう一度会っておきたいのだ。十兵衛、頼む」

「………」

「十兵衛。反対しても私は行ってくる」

「わかりました。その代わり、私も参ります」

「いいだろう」

清太郎は胸を弾ませて言った。

暮六つ（午後六時）過ぎ、清太郎は新堀川の柳のそばにやってきた。

「では、行ってきます」

十兵衛は『香木堂』に向かった。清太郎はそわそわしながら待った。

三日月が出ていた。残暑は厳しいが、朝晩は過ごしやすくなった。やがて下駄《げた》の音が聞こえた。

赤い着物が薄闇《うすやみ》に浮かんで近づいてきた。

「清太郎さん」

お絹が清太郎の胸に飛び込んできた。

「お絹さん」

「会いたかった」

「私もだ」

肩にまわす手に力を込める。

「江戸にいたのね」

「ああ」

ようやく離れて、清太郎は口にした。

「いよいよ江戸を離れることになったんだ。お絹さん、必ず迎えにくる。待っていてくれないか」

「もちろんよ。いつまでも待っているわ」

ひとが通りかかった。

「向こうに」

清太郎は川沿いをお絹と歩きだした。

「清太郎さん、ずいぶん雰囲気が変わったわ。なにがあったのか教えてくれないんでしょうね」

「私の父親は武士だったのだ」

「武士……」

「後継ぎがなくて、私を探していたらしい。でも、その家を継ぐ気はない。ほとぼりが冷めたころに、家を出るつもりだ」

「そんなこと出来るの？」

「ああ、出来る。いや、そうする」

水沼家が清太郎を必要としているのは、外から養子が入ってくるのを防ぐためだ。その役割さえ果たせばお役御免になるにちがいない。

「だから、必ず戻ってくる」

「ほんとうね」

「ああ」

「いつ？　いつまで待てばいいの？」

お絹が必死にきいた。

「それは……」

清太郎が迷って目を向けた先に草木が繁《しげ》っていた。その中に、月の光を受けて紫色の花が浮かび上がっていた。

清太郎の目の先を追ったお絹が呟く。

「まあ、あんなところに桔梗が」

「桔梗か。そうだ、桔梗が咲くまでに戻ってくる」

「一年後？」

「うむ。そのくらいになってしまうかもしれない」

「桔梗の咲く季節ね」

「そうだ」

「桔梗の花言葉を知っている？」

「いや」

「永遠の心、変わらぬ心よ」

「永遠の心、変わらぬ心か」

清太郎は呟き、

「まさに、桔梗はふたりのためにあるようだ」

「ええ」

「お絹さん、桔梗の花が咲くころまで待ってくれ」

「待っています」

十兵衛の姿が視界に入った。早く切りあげるように急かしているのだ。

「そろそろ行かないと」

「もう行ってしまうの？」

「これ以上顔を見ていると、別れがつらくなる。お絹さん、桔梗の花言葉、忘れはしないよ」

「私もよ」

「じゃあ」

清太郎は踵《きびす》を返した。

「清太郎さん」

お絹の声に、清太郎は立ち止まった。一瞬振り返りかけた。だが、清太郎は心を鬼にして未練を断ち切って駆けだした。

途中、十兵衛と落ち合い、今戸《いまど》を過ぎて橋場に戻った。

願山寺の山門を入ったとき、十兵衛はふと足を止めた。辺りに注意を払っている。

「何か」

「いや、誰かが潜んでいたような気が」

十兵衛は庫裏《くり》に戻って、配下に警戒を厳重にするように命じた。

不穏な空気を察し、清太郎は改めて我が身が危険に晒《さら》されていることに気づいた。

二

その夜、八丁堀の屋敷に京之進と太助がやってきた。

庭から心地よい風が吹いてきた。数日前から鈴虫も鳴きだした。

「先日の夜、見つかった亡骸は、神田須田町《かんだすだちょう》の金貸し金蔵《きんぞう》の用心棒をしていた古《ふる》田嘉治朗《たかじろう》という浪人でした。ふつか前から姿を消していたようです」

京之進が口を開く。

「住まいは？」

剣一郎はきいた。

「金貸し金蔵の家の離れで暮らしていたそうです。金蔵が言うには、姿を晦《くら》ます前の晩に、明日は昔の仲間と会うので休みをもらいたいと言っていたそうです」

「昔の仲間？」

「詳しいことは言わなかったようです」

「金蔵には用心棒はひとりだけか」

「そうです。あとは取り立ての柄の悪い男がふたり」

「金蔵は用心棒が必要なほどひとから恨まれているのか」

「そのようです。取り立てが厳しく、情け容赦《ようしゃ》がないので、かなり恨みを買っているようです。実際に今まで何度も襲われていて、その都度、古田嘉治朗が相手を叩きのめしていたということです」

「腕は立ったようだな」

「ええ、金蔵も認めています。本人も仕官をしていたときは家中一の使い手だったと豪語していたとのこと」

「で、修験者の影はどうだ？」

「はい。金蔵は見かけたことがあると言ってました」

「白い髭《ひげ》を生やした色の浅黒い男か」

「いえ。黒い髭の修験者で、幟《のぼり》を持ったふたりの男がついていたそうです。その幟には、戸隠山修験者・鬼仙坊と書かれていたそうです」

押上村の修験者だ。

「白い髭を生やした浅黒い顔の修験者は見ていないのか」

「見ていないようです」

しかし、見た者がいないだけで、白い髭の修験者が古田嘉治朗に近づかなかったということにはならない。

「古田嘉治朗は先の三人と付き合いはないのだな」

「ないようです」

「金への執着は？」

「金を稼ぎたいという思いは強かったと言ってました。何のために必要なのかは言おうとしなかったそうですが、金蔵が言うには女ではないかと」

「女？」

「上野山下の五條天神《ごじょうてんじん》裏の女郎屋によく遊びに行っていたようです」

「身請けしたいほどの女に出会ったのか」

「そうかもしれません」

「浪人なら誰もが金を欲しようが、殺された四人は特に金を必要としていたようだ。つまり、白い髭の修験者は金を餌《えさ》に誘ったのだろう。何のためか……」

剣一郎は眉根を寄せたが、

「誘われた者はみな殺されたと思ったが、無事だった浪人もいるかもしれない。念のためにそういう浪人がいないか探ってみたほうがいい」

と、思いついて言う。

「わかりました」

京之進はすぐに続けた。

「それから、羽黒山の虎の行者と戸隠山の鬼仙坊についてですが、虎の行者が根岸に道場を開いたのが二年前。鬼仙坊が押上村に祈禱所を開いたのは半年前です。両者は激しく信者の取り合いをしていて、特に鬼仙坊のほうが露骨に信者を横取りしているようです」

「横取りだと？」

「はい。虎の行者の御札を買い求めた信者に、こっちのほうが霊験があると鬼仙坊は声をかけているそうです」

「両者に諍《いさか》いの種はあるのだな」

「はい。でも、刃傷沙汰《にんじょうざた》になったことはまだないようです」

「浪人がどう絡《から》んでくるのか」

剣一郎は首を傾《かし》げた。

「いずれにしろ、虎の行者と鬼仙坊のことを調べたほうがいい。場合によっては寺社奉行の許しを得る」

「はっ」

京之進は頭を下げた。

「太助は何かわかったか」

剣一郎はきいた。

「へえ、じつは以前に猫の蚤《のみ》取りで伺ったお妾《めかけ》さんの家に不動明王の掛け軸があったことを思いだして、駒形町にある家に行ってみました。そしたら、案の定、鬼仙坊のところから買い求めたものでした」

太助は剣一郎と京之進の顔を交互に見て、

「霊験のことをきいたら、今のところ何の御利益もないようです」

「鬼仙坊はどんな感じの男だ？」

「三十半ばの岩のようなごつい顔をした男だそうです」

「白い髭を生やした浅黒い顔の修験者を見てはないか」

「はい。話には出ませんでした」

「浪人を見かけたことは？」

「それもないようです」

「妙だな」

剣一郎は困惑して、

「殺された浪人の近くに白い髭の修験者が見え隠れしているが、虎の行者や鬼仙坊の仲間には見当たらない。それに、両方とも浪人の影はない」

「白い髭は付け髭では？」

太助が思いついたように言った。

「うむ。その可能性も考えられる。正体を探られないように修験者に化けて浪人に声をかけているのかもしれない」

「秘密裏に浪人を集めているということでしょうか」

「そうだ。何者かがなんらかの理由で腕の立つ浪人を集めている。となれば、最前わしは誘われたが無事に過ごした浪人もいるかもしれないと言ったが、浪人はどこかに集められているのかもしれない。だとしたら、前の暮らしに戻っていないだろう。殺された四人は、黒幕の意に従わなかったから殺されたとも考えられる」

「そうだとしたら、これから先に何か大きなことが起こる可能性もあるということになりますね」

京之進は昂《たかぶ》った声で言う。

「しかし、浪人を集めて何が出来ようか」

剣一郎は疑問を呈する。

「たとえば、どこかの大名屋敷か大身《たいしん》の旗本屋敷を襲撃するとか……。まさか、この太平の世に、幕府転覆を企《くわだ》てる輩《やから》はおりますまいから」

興奮からか、京之進は声を震わせた。

「うむ」

たとえ大名屋敷への襲撃だとしても、それほどの騒乱を起こす者がいるとは思えないが、それに近い何かがあるかもしれない。

「殺された浪人のほうから手掛かりを得るのは難しいだろう。亡骸《なきがら》を運んできた舟についても手掛かりはつかめぬ」

剣一郎は苦い顔をし、

「ともかく、修験者たちの可能性もある。京之進は虎の行者と鬼仙坊について調べてくれ。それから、今も白い髭の修験者は新たな浪人を探しに町中を歩きまわっているやもしれぬ。常にその方面の注意を怠《おこた》らずに」

剣一郎は厳しい顔で注意をした。

「畏まりました」

「太助」

「はい」

「そなたは虎の行者と鬼仙坊の信者に近づき、話を聞き出すのだ」

「わかりました」

「わしは作田新兵衛《さくたしんべえ》の力を借りようと思う」

剣一郎は鋭く言った。作田新兵衛は隠密《おんみつ》廻り同心である。

翌朝、出仕した剣一郎は宇野清左衛門のところに行き、年番方与力の部屋の隣の小部屋に入った。

「宇野さま。例の浪人殺しですが」

対座してから、剣一郎は切りだした。

「白い髭を生やした浅黒い顔の修験者が浪人たちを誘っていたことは間違いないと思いますが、その修験者の行方はまだわかりません」

「謎の修験者か」

「はい。修験者といえば、昨今、羽黒山の修験者で虎の行者という者が根岸に道場を開いて信者を集め、さらに対立するように戸隠山の修験者で鬼仙坊という者が押上村に祈禱所を設けて活動しています」

剣一郎は続ける。

「この修験者たちを調べていますが、白い髭の修験者が仲間かどうかわかりません。この白い髭の修験者が何のために浪人に声をかけているのか、そのわけも想像つきません」

「うむ」

「何か大きな陰謀が隠されているやもしれず、作田新兵衛の力を借りたいのです」

「よかろう」

清左衛門は手を叩いた。

「失礼します」

見習い与力が襖《ふすま》を開けた。

「作田新兵衛をここに」

清左衛門が告げる。

「はっ」

見習い与力は襖を閉めて去って行った。

「殺された浪人には共通点がいくつかあります」

剣一郎は口を開く。

「まず、剣の腕は立ったようです。それから、金を欲していたこと」

「金を？」

「はい。四人のうち三人に金が必要な事情があったことを確認しています。まず、松原多聞は名誉を挽回し、帰参を叶えるために運動資金として五十両を欲していたとのこと。また、糸山鎌之助は寝る前に位牌《いはい》を取り出して手を合わせていたそうです。おそらく、糸山が斬った相手ではないかと。その身内にまとまった金を渡そうとしていたようです。また、古田嘉治朗は遊女に夢中だったようです。牧田三十郎については不明ですが、それぞれの事情で金が必要だったのではないかと。まあ、誰しも金は欲しいと思うでしょうが」

剣一郎は息を継ぎ、

「つまり、白い髭の修験者は高い金を餌に、腕の立つ浪人に近づいたのかもしれません。つまり、それだけ危険なことをさせるために」

と、付け加えた。

「うむ」

清左衛門が唸《うな》ったとき、襖の向こうで見習い与力の声がした。

「作田新兵衛どのです」

「入るように」

清左衛門が応じる。

見習い与力が襖を開けると、作田新兵衛が入ってきた。

「失礼します」

新兵衛は入口近くに腰を下ろした。新兵衛は四十半ばを過ぎているが、身のこなしなど機敏で柔らかく若々しい。

「ごくろう」

清左衛門が声をかけ、

「青柳どのから」

と、促す。

「新兵衛。手を借りたい」

剣一郎は口を開く。

「はっ」

「浪人が菰《こも》に巻かれて川に棄《す》てられた事件の探索だ。おおよそのことは耳に入っているかもしれぬが、改めて話す」

「はい」

新兵衛は居住まいを正した。

剣一郎は事件について、これまでにわかっていることを詳しく話した。

「白い髭を生やした浅黒い顔の修験者が浪人たちに声をかけている。この修験者が虎の行者、あるいは鬼仙坊と繋がっているかどうかもわからないが、京之進が調べている」

新兵衛は厳しい顔で聞いている。

「ともかく、手掛かりはいまだに摑《つか》めぬ。背後に大きな陰謀が隠されているやもしれず、そなたの力を借りたいのだ」

「浪人になって、白い髭の修験者が近づいてくるのを待つのですね」

「うむ、そのとおりだ」

さすが、新兵衛は剣一郎の考えを素早く読み取った。

「かなり危険な役目だ。四人の浪人はみな腕が立ったようだ。特に、松原多聞は一刀流の剣術道場で師範代を務めていた男だ。その男さえ、同じように斬られていた」

隠密廻りは熟練の同心がなる。同心の中で有能な者が定町廻りから臨時廻り、そして隠密廻りになるのだ。

隠密廻りは密《ひそ》かに聞き込みや探索をするため、いろいろな人物に姿を変える。ときには物貰いや托鉢僧《たくはつそう》、門付け芸人などに変装する。その変装にも新兵衛は長《た》けていた。

「危ういと思ったら逃げだすのだ」

　清左衛門が口をはさむ。

「おそらく、白い髭の修験者はどこぞに連れて行くはずだ。そこにすでに集められた浪人がいるかもしれない。そこで、向こうから何らかの指図がある。それに応じるか否か。応じない者が殺されて川に棄てられたのかもしれぬ。そなたは相手の要求に応じるのだ」

「わかりました」

「浪人に変装するにしても敵は用心深いようだ。どこか長屋に住み、少なくともひと月は浪人暮らしをしていないと近づいてこないかもしれない」

「わかりました。どこぞの長屋に住み、口入れ屋から用心棒の仕事をもらって糊《こ》口《こう》をしのぐ暮らしをしていきます」

「だが、まったく接触してこず、無駄骨に終わるやもしれぬ」

「なるたけ、派手に動き回ってみます。ひと月経《た》っても白い髭の修験者が現われなければ、盛り場で喧嘩をしてでも目立つようにします」

「腕が立つと思わせれば食いついてくる可能性は高い」

　剣一郎はあくまでも賭《か》けだと思った。

「敵は何人かいる。白い髭の修験者だけが目立っているが、近くに仲間がいると考えたほうがいい。そなたが浪人暮らしをしている間、わしや京之進らと一切接触は断つのだ。太助のみをそなたとの連絡係にする」

「わかりました」

新兵衛は応じてから、

「堀江町《ほりえちょう》か小舟町《こぶなちょう》辺りの長屋を考えています。大伝馬町《おおでんまちょう》に『大黒屋《だいこくや》』という口入れ屋があります。そこで仕事をもらおうと思います」

「わかった。太助のほうから接触させるゆえ、そなたは連絡のことは意識しなくてよい」

「はい」

「浪人の名を決めておこう。宇野さまの名を借り、宇野新兵衛ではどうだ」

「わかりました。宇野新兵衛ですね」

「うむ。他に何か打ち合わせておくことはないかな」

剣一郎は考える。

「もし、白い髭の修験者に誘われて出かけるときには、長屋の部屋になんらかの手掛かりを残しておきます」

「念のために、敵の仲間が部屋を調べることも考えてな」

「はい。では、私はこれからさっそく浪人宇野新兵衛になります」

「このお役目のため、またひと月も屋敷を留守にせねばならぬ。初枝《はつえ》どののことを考えると胸が痛むが」

新兵衛が任務についている間、妻女の初枝は寂しい思いで心配しながら留守を守っている。

「心配いりません。初枝は私のお役目を理解してくれています」

そう言い、新兵衛は下がった。

「敵が新兵衛に目をつけてくれるといいが」

清左衛門は不安を口にする。

「いろいろ手を打っておけば、どこかでひっかかると思います」

白い髭の修験者が新兵衛に目をつけるにしてもひと月は先になるだろう。その間、新たな犠牲者が出ないとも限らない。

剣一郎は見えない敵に対して焦《あせ》りを覚えていた。

三

その日の昼過ぎ、清太郎は迎えの乗物で鉄砲洲《てっぽうず》にある白根藩水沼家の下屋敷にやって来た。

玄関で乗物を下りると、式台に次席家老の榊原伊兵衛が待っていた。

「清太郎どの。お待ちしておりました」

「はい」

清太郎は緊張して声が震えた。

「どうぞ、お上がりください」

伊兵衛が声をかける。

清太郎は式台に上がった。十兵衛が続こうとすると、

「あいや待たれい」

と、老練の武士が制した。

「そなたはこの場にて控えるのだ」

「恐れながら」

　十兵衛は言い返す。

「私は清太郎さまの後見を務めております。清太郎さまといっしょに参ります」

「そなたは水沼家の家来ではない。家来でない者が御殿に勝手に上がり込むことは許されぬ」

「お言葉をお返しするようですが、清太郎さまはまだ正式に水沼家の後継者になられたわけではありません。それまでは私には清太郎さまをお守りする使命がございます」

「ここは水沼家の上屋敷だ。清太郎どのに危害が及ぶことはない」

「清太郎さまを歓迎しない方々もいるやもしれません。ひとときたりとも、お傍《そば》を離れることは出来かねます」

「ならぬ」

　老練の武士が鋭く言う。

「ならば、いたしかたありません」

　十兵衛は憤然とし、

「清太郎さま。引き上げましょう」

と、言った。

「なに」

老練の武士は顔を紅潮させた。

「私は清太郎さまの身の安全を図るために筆頭家老八重垣頼茂さまから遣わされたのです。清太郎さまの存在を快く思っていない方々がいるかもしれないところに、清太郎さまをやるわけには参りません」

「なにを根拠にそのようなことを」

「上屋敷では、将軍家と縁戚関係を持つことを望まれている御方が多いと聞いております。そうした御方にとっては清太郎さまは目の上のたんこぶ。とんでもないことをお考えになる方々がいないとも限りません」

「無礼な」

「失礼でございますが、あなたさまは?」

「中老の興津山左衛門《おきつやまざえもん》だ」

老練の武士は吐き捨てるように言う。

「興津さまはどちらの御立場であられましょうや」

「なに」

山左衛門は目を剝《む》いた。

「文句がおありならば八重垣さまにお願いします」

「………………」

山左衛門は口をあえがせた。

「私の役目は清太郎さまを無事に国表までお連れすること。晴れて高政公と対面を果たされ、水沼家の世嗣《せいし》と認められるまでは、私は清太郎さまの後見を務めます」

「私も十兵衛がそばにいないのなら、このまま引き上げます」

清太郎は式台から下りようとした。

「よい。許す」

次席家老の榊原伊兵衛が口を入れた。

「腰の物は預けよ」

「わかりました」

大刀を腰から抜き、十兵衛は若い侍に渡した。

御殿の広間に家臣たちが集まっていた。

その前に、清太郎は腰を下ろした。凜々しい顔つきの若者が着座すると、一座から声がもれた。背筋が伸びて堂々とした態度に、一同は目を見張った。

清太郎の脇に座った江戸家老市原郡太夫が口を開く。

「我が殿のお子であらせられる清太郎ぎみである」

「清太郎でございます」

清太郎は頭を下げ、

「私は若き日の父高政と我が母との間に生まれた。母が私を産んだとき、父から我が子である証として短刀と御墨付きを賜《たまわ》った。このたびの御家の危急に際し、私は立ち上がることを決意した次第」

と、威厳を見せつけようとわざと尊大に振る舞った。

「明日、国表に出立し、病床の父と対面する所存である」

横を見ると、郡太夫は平然とした顔でいる。老中飯岡飛驒守から持ちかけられた、将軍家と水沼家を縁戚関係にするという目論見が挫折したことにも気落ちした様子はなかった。そのことがなぜか無気味に感じられた。

家臣との対面は何事もなく終わった。

そのあとで、次席家老の榊原伊兵衛が、

「明朝、私が願山寺に迎えに行き、その足で白根藩に向かいます」

と、言った。

「お供の侍は？」

十兵衛が横合いからきいた。

「国表より、筆頭家老八重垣頼茂さまが選りすぐりの屈強な家臣十名を差し向けられた」

「どなたですか」

「徒士《かち》小頭《こがしら》の藤野《ふじの》竜之進《たつのしん》らだ」

「藤野どのなら心配いりません」

藤野竜之進は水沼家の剣術指南役片岡十右衛門の道場の門弟であり、馴染《なじ》みの侍だ。

「十兵衛と配下の者三名と合わせ、十三名となる。これで道中は安心かと存ずる」

「はい」

十兵衛は応じたあと、

「少し懸念が」

と、口にした。

十兵衛の言葉を、伊兵衛は真剣な眼差しで聞いていた。

その夜、願山寺に戻った清太郎は夕餉《ゆうげ》のあとに、住職や妻女、その他の僧たちにこれまでの礼と別れの挨拶《あいさつ》をした。

そして、部屋に戻ったあと、母が畏まって清太郎の前に座った。庭でコオロギが鳴いて、続けて松虫も鳴きだした。

「これまでよう頑張ってこられました」

母が熱い目で清太郎を見た。

「なんですか、改まって」

清太郎は不審そうにきいた。

「あなたをこのような運命のもとに産んだことが、あなたにとって仕合わせであったかどうか……。母にはわかりません」

「母上、どうかなさったのですか」

「何もなければ、あなたは『香木堂』で奉公を続け、いつか自分で店を持つようになっていたかもしれません」

「正直、運命を呪いました。でも、今はこれが私の定めだと思うようになっています。武士としての暮らしに何の違和感もないことに、私は驚いています」

「母はあなたを武士の世界に送り込みたくはありませんでした。なれど……」

「母上。もうそれ以上仰らないでください。私は気持ちを切り換えて白根藩水沼家に入ることを受け入れたのです。武士として生きていくことに、いまはためらいはありません」

清太郎はさわやかな笑みを浮かべ、

「お父上は病床にあり、もはや私をも認識出来ないそうですが、それでもお父上と対面出来ることに興奮しています。それに、母上が生まれ育った土地を見ることが楽しみです」

と、訴えた。

母は俯いた。

「どうかなさいましたか」

清太郎は母の様子がおかしいことに気づいた。

「母上、何かおありですか」

「清太郎」

母は顔を上げた。

「母はいっしょには行きません」

「えっ？　今、なんと？」

「清太郎。よく聞くのです。母は江戸に残ります」

「なぜですか」

「あなたは水沼家の当主になる御方。母は身分卑しき者。もはや、いっしょに生きて行くことは出来ません」

「そんな」

清太郎は憤然とし、

「そんなこと承服出来ません。私は母上もいっしょだと思っていたからこそ、水沼家に引き取られることを受けたのです」

「清太郎。女々《めめ》しいですぞ」

母の顔つきが変わった。

「よいですか。あなたは水沼家二十万石を背負っていく身なのです。母のことでめそめそしていてはなりません。もはやあなたは母の子ではありません。たくさんの家臣やその家族、さらには領民たちを守っていかねばならないのです。母のことは今夜限りで忘れるのです」

「それはあんまりだ、おっかさん」

清太郎はつい以前の呼び方をした。

「いけません」

母は首を横に振った。

「身のほどをわきまえなさい。あなたは武士です。強くなりなさい」

「いやです……」

清太郎は涙が滲《にじ》んだ。

「あなたにとって晴れの門出です。涙は禁物。武士は泣いてはなりません」

清太郎は懸命に涙を堪《こら》えた。

「清太郎、今宵は母とあなたの最後の夜です。少し、お酒でも呑みましょうか」

母が手を叩くと、十兵衛が襖を開けて、酒肴《しゅこう》を持ってきた。用意していたのだ。十兵衛もこのことを承知していたようだ。

「どうぞ」

十兵衛は猪口《ちょこ》と徳利を置いた。

「ありがとう」

母は十兵衛に言う。

「十兵衛どの」

清太郎は十兵衛に声をかけた。

こういうことは聞いていなかったと抗議しようとしたが、

「どうぞ、ご存分にお別れを」

と言い、十兵衛は下がった。

「さあ、いただきましょう」

母は猪口に酒を注いだ。

「母上はどうなさるのですか」

清太郎はきいた。

「母のことは心配いりません。筆頭家老八重垣頼茂さまが、十兵衛どのを通じて私が暮らしに困らないようにご配慮してくださいました」

そう言い、母は猪口を口に運んだ。

「いつか母上にお会い出来ましょうか」

「母はいつでも清太郎のことを思っています。でも、あなたは母のことを忘れ、新しい生き方に向かっていくのです」

「…………」

清太郎は思いきって酒を喉《のど》に流し込んだ。苦いものが口の中に広がった。

ふと、虫の音が止んだ。

十兵衛が緊張した面持《おもも》ちで部屋に入ってきた。

「どうぞ、こちらに」

「何があったのか」

清太郎はきいた。

「刺客《しかく》です」

「刺客……」

「さあ、ここは危険です」

十兵衛が急かしたとき、庭で剣のかち合う音がした。

「何者だ」

十兵衛の手の者が黒覆面の賊《ぞく》と闘っていた。

奥に向かおうとしたとき、黒い影が廊下を駆けあがってきた。巨軀《きょく》の侍だ。まっすぐ清太郎に突進してきた。

十兵衛が立ちはだかった。

「清太郎、母に構わずお逃げなさい」

母が言ったとき、新たな賊が部屋に上がり込んでいた。肩幅が広く、がっしりした体格の男だ。十兵衛は巨軀の侍を牽制《けんせい》しながら、新たな賊に剣先を向けた。

「誰に命じられた？　飛驒守か」

十兵衛はふたりの賊を交互に見て問いただす。

巨軀の賊が八相《はっそう》に構えて無言で十兵衛に斬りつけた。十兵衛はその剣を弾き、掬《すく》いあげるように賊の胸元に切っ先を向けた。賊はのけぞるように避けたが、十兵衛の剣はさらに相手に喉元を襲った。

賊は尻餅をついた。肩幅の広い賊が十兵衛に斬りかかった。十兵衛は剣を受け止め、渾身の力で押し返す。賊はさっと後ろに退いた。

庭にいる賊は三人だ。十兵衛が相手をしている賊と合わせ五人で押しかけてきたようだ。

清太郎は母を背中にかばいながら、後退った。十兵衛が言ったように飛驒守の手の者か、あるいは水沼家上屋敷にいる清太郎擁立に反対する者たちか。いずれにせよ、ここまですることに憤《いきどお》りを覚えた。

ふたりの賊を相手にしていても十兵衛は落ち着いていた。ふたりが左右から十兵衛に徐々に迫る。

「おまえたちは飛驒守の家来か。それとも金で雇われた浪人か」

十兵衛は確かめるようにきく。

相変わらず、相手は無言だった。

「答えぬな。では、おまえたちを捕まえて口を割らせるまで。こっちからいく」

十兵衛は剣を眼前で斜めに構え、巨軀の賊に立ち向かった。その刹那、肩幅の広い賊が十兵衛の脇から斬りつけた。

十兵衛はそのことを読んでいたように体の向きを変え、襲ってきた賊の剣を弾き、その利き腕に刃を突き刺した。肩幅の広い賊は呻いて剣を落とした。

「おのれ」

巨軀の賊が突進してきた。十兵衛も足を踏み込み、前に出た。両者の剣が激しくかち合ったが、十兵衛の敵ではなかった。

二度の押し合いから十兵衛が剣をかわすと、相手はよろけた。そこに剣を突き出し、相手の足の股を襲った。

巨軀の賊は呻き声を発してくずおれた。

庭が騒々しかった。武士が何人も駆けつけ、賊を包囲していた。

「次席家老の榊原伊兵衛さまが差し向けてくださいました」

十兵衛は清太郎に告げてから、うずくまっている巨軀の賊に剣の切っ先を突き

付け、

「覆面をとってもらおう」

と、迫った。

だが、賊は首を横に振って拒《こば》んだ。

「仕方ない」

十兵衛は賊の顔面に剣を十文字に振った。覆面が裂け、侍の顔が現われた。髭面の浪人だ。

「誰に頼まれた?」

「…………」

賊は口を閉ざしたままだ。

「飛驒守ではないのか」

「…………」

三十ぐらいの武士が庭先に立った。白根藩の徒士小頭の藤野竜之進だ。十兵衛は濡れ縁に出た。清太郎もいっしょに向かった。

「清太郎さま」

藤野竜之進が声をかけた。

「ごくろう」

清太郎は労《ねぎら》った。

「はっ。捕らえた賊は屋敷に連れていきます。取り調べは上屋敷のほうでやってもらうことになりますが」

「そこにもふたりいる」

十兵衛は部屋を指差した。ふたりの賊が苦痛に顔を歪めていた。

「全部で五人、皆浪人ですね。さっそく上屋敷に連れて行き、問い質《ただ》します。では、明日早暁にここにお迎えにあがります」

そう言い、竜之進は賊に縄を打ち、鉄砲洲の上屋敷に向かった。

清太郎は改めて自分が騒動の渦中に身を投じたことを実感していた。

四

翌日、剣一郎は太助の案内で、池之端仲町にある太物問屋『上総屋』に主人の孫兵衛を訪ねた。

剣一郎と太助は客間に通された。

挨拶をしたあと、剣一郎は切りだした。

「羽黒山の修験者虎の行者について、また話を聞きたい」

「わかりました」

「その後、娘御の容態は？」

「変わりありません」

「だいぶ祈禱に通っているようだが、虎の行者は娘御の容態について知っているのか」

「はい。変わりがないのは祈禱が効いている証だと」

「それを聞いてどう思ったのだ？」

「ええ……」

「そうかもしれないと思ったのか」

「はい」

「で、次はどうしろとか言われているのか」

「はい。特別な祈禱を試みてはどうかと言われました」

「特別な祈禱？」

「はい。その祈禱は修験者にとっても命懸《が》けの祈禱で、よほどでないと行なわないそうです。望めば、やってもよいと」

「命懸けの祈禱とは？」

「誰にも見られずに十日間、一切飲まず食わずで一睡もせずに祈禱を続けるそうです」

「いくらかかるのだ？」

「百両だと」

「やるつもりか」

「はい。百両で娘の命が助かるのなら」

孫兵衛は真顔で答える。

「もし、それでも効き目がなければ？」

「必ず治ると信じなければ、効き目がないと言われました。それに、祈禱のおかげで治ったというひとも何人もいますから」

「何人も？」

「はい。そういうお話です」

「当人から話を聞いたことは？」

「いえ」

「又聞きか」

「ええ」

「医者は誰に診《み》てもらったのだ？」

「松元朴善《まつもとぼくぜん》さまです」

「他の医者には診せたか」

「いえ。松元朴善さまは名医と評判の御方ですから」

流行《はや》り医者だ。いつも駕籠《かご》に乗って往診に行く乗物医者だ。

「念のために他の医者にも診せたらどうだ？」

「そうですね」

「なんなら表御番《おもてごばん》医師の平岩春学《ひらいわしゅんがく》どのに診てもらってはいかがか。蘭方医の立場から何かわかるかもしれぬ」

表御番医師は江戸城表御殿に詰めて急病人に備える。将軍や御台所、側室の診療を行なう奥医師である。

「ありがとうございます。なれど、今は虎の行者さまの祈禱にかけてみようと思います」

「それとは別に診てもらうこともできよう」

「まず、虎の行者さまを信じなければ祈禱はうまくいかないようですので」

いくら言っても無駄のようだ。

「そうか。仕方ない」

剣一郎は説得を諦《あきら》め、

「虎の行者の下に何人ぐらいいるかわかるか」

「五、六人だと思います」

「みな修験者か」

「はい。みな修験者のようです」

「そうか。わかった。祈禱の結果をききに、半月後にまた訪ねる」

剣一郎は立ち上がった。


それから御成道《おなりみち》を筋違橋《すじかいばし》近くの神田花房町にやって来た。

流行り医者の松元朴善の医院はすぐわかった。本道の医師だ。

ちょうど戸口に駕籠が停まっていて、医院から四十ぐらいの束髪の男が出てきた。朴善に違いない。

「松元朴善どのか」

剣一郎は声をかけた。

「さようだが、御用があれば他の者が聞く」

朴善は邪険に言い、駕籠に乗り込んだ。

「すぐ終わる」

剣一郎は編笠《あみがさ》を少し持ち上げて言う。

駕籠の中から見上げた朴善はあわてて出てきた。

「これは青柳さまで」

「うむ。ひとつ教えてもらいたい」

「なんでしょうか」

「池之端仲町にある『上総屋』の娘の往診をしたそうだな」

「はい」

「何の病だ」

「腹部に腫《は》れ物が出来ております」

「治療は難しいのか」

「はい。薬の投与ではいかんとも」

「『上総屋』の孫兵衛は虎の行者という修験者に祈禱をしてもらっているが、知っているか」

「そうなんですか」

「加持祈禱で回復すると思うか」

「さあ、いかがでしょうか」

朴善は鼻で笑った。

「そうか。邪魔をした」

「それだけで？」

「うむ」

朴善と別れ、剣一郎と太助は駒形町にある蕎麦《そば》屋『嵯峨屋』に向かった。

向柳原《むこうやなぎわら》に出て三味線堀《しゃみせんぼり》を経て下谷七軒町《したやしちけんちょう》から阿部川町に差しかかった。小間物屋の『香木堂』の前から新堀川に出たとき、風呂敷包みを抱えた若い女が歩いてくるのが見えた。

「お絹さんじゃありませんか」

太助が口にした。

「なんだかしょんぼりした歩き方ですね」

「うむ」

　剣一郎は気になってお絹に近づいた。

「青柳さま」

　お絹がぺこりと頭を下げた。

「どうした、元気がないようだが」

「ええ」

　お絹は俯く。

「清太郎のことか」

「一昨日、一瞬現われたんです」

「清太郎はまだ江戸にいたのか」

「はい」

「どうして、一昨日顔を出したのだ？　これから江戸を発つのか」

「はい」

「迎えにくると約束したのであろう」

「一年後です」

「一年後？」

「はい。桔梗《ききょう》の花が咲くころに迎えにくると」

「寂しいが、待つしかないな」

「ええ」

お絹は沈んだ表情になった。

「どうした？　何か気がかりなことでも？」

「清太郎さん、なんだか様子が違うんです」

「様子が違う？　どう違うんだ？」

「まるでお侍さんのようで」

「侍？」

剣一郎は、清太郎が又蔵たちを投げ飛ばした姿を思いだした。柔術を習っていたようだ。その才もあるようだった。

急な変化はよほどのことがあったのだ。死んだと思っていた父親が見つかったという理由で水戸に行くことになったという話だった。それなら一年も待たずにすぐにお絹を迎えにこられるのではないか。それとも、父親といっしょに暮らすつもりなのだろうか。

「じつは清太郎さんの父親は武士だったのです。これからお侍さんとして生きていくのでしょうか。そしたら、私のことなんて忘れてしまいますね。いえ、忘れなかったとしても、周囲が私とのことには反対しますよね」

お絹は自嘲ぎみに言う。

清太郎は武士の子だったのか。武家の家を継ぐためだとしたら、お絹とはもはや……。

「清太郎がそなたを迎えにくると言ったのは偽りではあるまい」

「はい。私は清太郎さんが迎えに来てくれたらついて行くつもりでした。だけど……」

お絹は沈んだ表情で、

「清太郎さんとはもう二度と会えないような気がするんです」

と言い、唇を噛《か》んだ。

「清太郎がそなたの前に現われたのは一昨日か。だとしたら、昨日の朝か今朝、江戸を発った可能性があるな」

剣一郎は呟き、

「お絹。清太郎のことを調べてみよう」

と、口にした。

「ほんとうですか」

「どこまで調べがつくかわからぬが、このひと月間、どこで過ごしていたか突き止めてみよう」

「よろしくお願いいたします」

お絹は何度も頭を下げた。

「太助」

お絹と別れたあと、剣一郎は呼びかけた。

「すまぬが、千住宿《せんじゆしゆく》に行ってくれないか。昨日の朝か今朝、武士の一行が通らなかったか、聞き込んできてくれ」

「わかりました」

「行先は水戸かどうかはわからない。しかし、水戸の名を出したのなら、ほんとうの行先もその方角にある可能性が高い。水戸街道、日光《にっこう》街道、奥州《おうしゆう》街道沿いだ。いずれにせよ、千住宿を通る」

「わかりました」

「今夜、屋敷で」

太助と新堀川にかかる菊屋橋で分かれ、剣一郎は東本願寺前から駒形町に向かった。太助は浅草寺《せんそうじ》裏の浅草田圃《たんぼ》を抜け、吉原《よしわら》の前から山谷《さんや》に出て、千住宿を目指すのだ。

剣一郎は駒形町にある蕎麦屋『嵯峨屋』の前にやって来た。建物は古いが、しっかりした店構えだ。

暖簾をくぐった。左手に小上がりの座敷、右手に長い腰掛けが並んでいた。客はふたりいた。

「いらっしゃいまし」

小女が出てきた。

「すまぬが、ご亭主を呼んでもらいたい」

「はい」

小女は剣一郎の顔を目を見開いて見ていたが、あわてて奥に向かった。

三十半ばと思える亭主が出てきた。色白のおとなしそうな顔をした男だ。

「青柳さまで」

「少しききたいことがある」

「はい」

「押上村の鬼仙坊から不動明王の掛け軸を買ったそうだな」

「はい」

「それを見せてはもらえぬか」

「掛け軸をですか」

　亭主は困惑したようだが、

「どうぞこちらに」

　と、板場の脇に招じた。

　剣一郎は腰の刀を外し、部屋に上がり、奥の居間に案内された。

　部屋に入ると、真っ先に床の間に目がいった。掛け軸には、紅蓮《ぐれん》の炎を背に右手に宝剣を持ち、憤怒の相をした像が描かれていた。

「これが鬼仙坊から買い求めたものか」

「はい」

「いくらだ？」

「十両です」

「十両とな」

「これが一番高いもので、一両からあります。この前で毎朝夕、真言を唱えておりますが、半月に一度、押上村の祈禱所から修験者がやってきて真言を唱えてくれます」

「修験者がここで真言を？」

「はい。お金をとられますが」

「いくらだ？」

「一両です。鬼仙坊さまにお願いすると五両です」

「修験者の中に白い髭を生やした色の浅黒い顔の男はいないか」

「いえ、見たことはありません」

「うむ。で、いつからやっているのだ？」

「三月《みつき》前です」

「なぜ、鬼仙坊を頼ったのだ？」

「半年前に、町内に新しく蕎麦屋が開店したのです。そしたら、お客さんをとられて。商売が苦しくなっているとき、店先に修験者が立って、この店は魔がとりついている。このままではじり貧だと」

「それが鬼仙坊か」

「はい、そうです。魔を取り除けば必ず商売は繁盛すると。藁《わら》にも縋《すが》る思いで……」

「で、どうだ？」

「いえ。でも、鬼仙坊さまはこれからだと」

亭主は厳しい顔で言う。

「今まで以上の祈禱を勧められていないか」

「はい。二十両で鬼仙坊さまの特別祈禱が受けられると」

「法外な」

剣一郎は呆《あき》れた。

「続けるかどうか、よく考えたほうがいい」

「……………」

「それに客離れが起きた理由を考えたことがあるのか」

「それは……」

「味が変わったようなことはなかったか」

「……………」

亭主は俯いた。

「どうした？」

「じつはそば粉八につなぎの小麦粉二を使っていたんです」

それらを鉢《はち》に入れ、水を加えて手で捏《こ》ね、満遍なく水を含ませる。それから強く押しつける。何度も繰り返すのだと言い、

「ところが、半年前つなぎを多くしたんです」

「それで味が変わってしまったのではないのか」

「ええ」

「で、戻したのか」

「はい。戻しました。でも、いったん失った信用はなかなか取り戻せず……」

「町内に新しく蕎麦屋が開店したせいではないな」

「はい」

亭主は溜め息をついた。

「そろそろ新そばの時期ではないのか」

夏の土用を過ぎてから、そばの種をまき、霜が降りる前に収穫する。風味、色調にすぐれているという。

「そなたはそば汁など工夫をしているのか。そういうことをせずに、神仏に頼ろうとするのは間違ってはいないか」

「…………」

「鬼仙坊の祈禱を頼るのもいいが、同時に味の工夫もしていくのだ。邪魔をした」

剣一郎は部屋を出ると、妻女らしい女が立っていた。

「ありがとうございます」

妻女は話を聞いていたようだ。鬼仙坊にのめり込んでいるのは亭主だけのようだった。

その夜、八丁堀の屋敷に太助がやってきた。

「青柳さま。今朝、千住宿を二十人近い旅装の侍が通っていきました。旅籠の番頭や女中の話では、真ん中に凜々しい若者がいたそうです。どうやらそれが清太郎のようです」

「やはり、武士か」

剣一郎に屈託が広がった。

「清太郎の父親というのは武士なのですね」

太助がきく。

「おそらく後継ぎがなく、当主が清太郎を引き取ることにしたのだろう」

「これでは、ますますお絹さんは……」

「清太郎がお絹を迎えることは難しかろう」

「そうですね」

「しかし、清太郎を父親の元に送り届けるにしても、二十人近い侍が同道するというのはどういうことか」

剣一郎は疑問を持った。

「そういえば」

太助は思いだしたように口にする。

「千住宿からの帰り、小耳に挟んだのですが、橋場に願山寺というお寺があるそうで、昨夜そこでなにやら騒ぎがあったそうです」

「騒ぎ？」

「はい。乱闘があったのではないかと。その後、数人の浪人が縄を打たれ、大勢の侍に引き立てられていったそうです」

「引っ掛かるな」

何かがあると、剣一郎の鋭い勘が働いた。

「提灯の紋所は桔梗紋だったそうです」

「桔梗紋か」

浪人の件と、千住宿を通過した侍の一団との関わりが気になった。

「明日、願山寺に案内してくれ」

「畏まりました」

太助は応じてから、

「『嵯峨屋』はいかがでしたか」

と、きいた。

「虎の行者と同じだ。弱みにつけ込んで金をとっている」

剣一郎は詳細を話した。

「そうですか。祈禱だけに頼っていては、鬼仙坊の思うつぼですね」

「目が覚めてくれればいいが」

剣一郎は呟いた。

「白い髭の修験者の手掛かりはないのですね」

「ない。虎の行者や鬼仙坊とは関係ないのかもしれぬ」

そうなると、ますます作田新兵衛に期待するしかないと剣一郎は思った。

五

翌日、剣一郎と太助は橋場の願山寺の山門を潜った。

初秋の風が境内に吹いてきた。掃除をしている寺男に近づく。

「ちと訊ねるが」

剣一郎は声をかけた。

小柄な寺男は箒《ほうき》を使う手を休めた。

「一昨日の夜、この寺で騒ぎがあったそうだが」

「へえ」

寺男は顔をしかめ、

「あっしは何も知りません」

と、先走って言う。

「騒ぎはあったのだな」

「あっしは何も……」

「そうか。口止めされているのだな」

「…………」

寺男は困惑している。

「わかった。住職から聞くとする」

「へえ」

寺男はほっとしたように溜め息をついた。

剣一郎は寺務所に向かう。すると、本堂から袈裟をかけた住職らしい男が出てきた。

剣一郎は編笠をとって近付き、

「ご住職」

と、呼びかけた。

住職は立ち止まった。皺《しわ》の多い顔だが、肌艶はよく、まだ四十前後かもしれない。

「一昨日の夜、こちらで浪人と武士の乱闘があったそうだが」

剣一郎は想像して口にした。

「ここは寺社奉行の管轄でございます。町奉行所の支配は及びませんが」

住職は突き放すように言う。

「寺社奉行にお伺いを立てて、あらためて正式に奉行所で取り調べてもいいが」

「……………」

「御用の筋ではない。ただ、わしの知り合いの若者のことで来ている。清太郎という。御存じないか」

「いえ」

答えまで間があった。

「じつは清太郎と恋仲の娘から頼まれて清太郎を探しているのだ。ひと月前、清太郎は父親の行方がわかったので会いに行くといって娘の前から姿を消した。ところが三日前に再び娘の前に現われた。今まで江戸にいたのだ。そして、改めて江戸を発つと伝えた。一年後に迎えにくると娘に約束したそうだ。娘はその言葉を信じて待つつもりでいるが、その一方で清太郎の身を案じているのだ」

「清太郎さまでございますな」

住職は厳しい顔で、

「客殿をひと月間、お貸ししただけ。詳しいことは何も知りません」

「どなたにお貸ししたのか」

「知ってどうなさるおつもりですか」

「清太郎の身分を知りたい。清太郎は武士の子のようだ。家を継ぐとなれば、町人の娘との縁はむずかしくなろう。一年も待たせたうえに迎えに行けないとなったら、娘にとっては辛《つら》いことになろう」

「………」

剣一郎は迫る。

「昨日、千住宿を通った旅装の武士の一行に清太郎らしき男がいたそうだ」

「ご住職。教えていただきたい。一昨日の騒ぎ、清太郎と関わりがあることではなかったのか」

剣一郎は訴える。

「浪人たちを引っ立てていった侍の提灯の家紋は桔梗紋だったそうだ。桔梗紋を調べればどこのご家中かわかる」

「わかりました。青柳どのを信頼し、お話しいたしましょう。それに、もはや隠し立てする理由もないと思われるので」

住職は深呼吸をし、

「拙僧は陸奥国白根藩領内にある本山から遣わされたものです」

「陸奥国白根藩？」

「本山にいるとき、白根藩水沼家の筆頭家老八重垣頼茂どのと懇意にしておりました」

「桔梗紋は水沼家のものでござるか」

「さようで」

「家老の八重垣どのから頼まれたのか」

「そうです。もはや、秘密にしておく必要もないと思われるので、はっきり申し上げまする。清太郎さまは藩主高政公の落とし胤《だね》でございます」

「なに藩主の？」

「はい。さる武士がここで清太郎さまに藩主としての振る舞いなどを指導していたようです」

それなりの武士の子であろうと想像したが、まさか藩主の子だとは……。

「で、清太郎がご落胤《らくいん》に間違いないのか」

「それを確かめられた上で江戸を発たれたのです」

「水沼家で何か起きているのだな。浪人たちの襲撃がそれを物語っている」

「詳しいことはわかりません」

後継ぎをめぐっての御家騒動が勃発しているのだ。そんなところに、清太郎は身を投じる羽目になったのだ。

「わかった、よく教えてくださった」

剣一郎は礼を言い、ふと思いついて、

「母親はいっしょか」

と、きいた。

「母親もずっといっしょでした」

「母親は旅の一行にいなかったようだが」

「江戸に残られたようです」

「どこにいる？」

「わかりません。清太郎さまを見送ったあと、おひとりでどちらかに行かれました」

「行き先はわからないのか」

「わかりません」

「うむ。邪魔をした」

剣一郎は住職から離れ、

「清太郎は水沼家の御家騒動に巻き込まれているやもしれぬ。襲撃した浪人たちが気になる」

　剣一郎は白い髭の修験者に声をかけられた浪人たちと重ね合わせた。まさか、清太郎を襲撃するために浪人を集めたとは思えぬが……。

「太助」

「はい」

「清太郎の母親を探し出したい」

「わかりました。寺から出て行ったのなら、誰か見ていた者もいたかもしれません」

「いや、それより清太郎母子が住んでいた住まいの周辺を聞き込むのだ。清太郎が藩主のご落胤だとしたら、ひそかに母子を支えていた者がいたかもしれぬ」

「わかりました」

「わしは水沼家を探ってみる」

　吾妻橋の袂《たもと》で太助と分かれ、剣一郎は駒形町から蔵前を通って奉行所に向かった。

　奉行所に着いた剣一郎はすぐに宇野清左衛門に会った。

「じつは橋場の願山寺でこのようなことが」

剣一郎は清太郎のことを話した。

「その清太郎が一昨日の夜、浪人たちに襲われました。警護の侍が浪人たちを取り押さえたようですが、この浪人たちは水沼家の者たちに引き立てられて行きました。白い髭の修験者と関わりがあるかどうか、確かめたいのです。と、同時に水沼家で今何が起きているのか。それを知るために水沼家の留守居役《るすいやく》どのにお会いしたいのです。長谷川さまにお頼みしたいのですが」

奉行所には大名からの付け届けがある。持参するのはその藩の留守居役で、奉行所から挨拶に出るのは公用人の内与力だ。

内与力はもともと奉行所の与力ではなく、お奉行が赴任と同時に連れて来た自分の家臣である。

南町に十人いる内与力の筆頭が長谷川四郎兵衛である。お奉行の威光を笠に着て、態度も大きい。ことに、剣一郎を目の敵にしている。そのくせ、何かあると剣一郎を頼る。

「よし、長谷川どのに会いに行こう」

清左衛門は、見習い与力に長谷川四郎兵衛の都合をききに行かせた。

すぐに戻ってきて、構わないとの返事であった。

剣一郎は清左衛門といっしょに内与力の用部屋の隣にある部屋で、四郎兵衛を待った。

しかし、なかなか現われない。

「何をしているのか」

清左衛門は怒りを見せた。

手を叩き、誰かを呼ぼうとしたとき、ようやく四郎兵衛が現われた。

「待たせるではないか」

清左衛門は苦情を言う。

「何かと忙しいのでな」

四郎兵衛は涼しい顔で言う。

「わしとて忙しい」

「頼みがあるということだが」

優位に立ったように、四郎兵衛は清左衛門と剣一郎を交互に見た。

「白根藩水沼家の留守居役にお会いしたいのです。長谷川さまから話を通していただけたらと思いまして」

剣一郎が口を開く。

「なぜか」

四郎兵衛は口元を歪めてきく。

「これは異なことをきく」

清左衛門が怒りを爆発させた。

「まるで、内容によっては断ると言っているように聞こえたが」

「そうではない。ただ、どういう事情か知りたいだけだ」

四郎兵衛は清左衛門の思わぬ逆襲にうろたえたようだ。

「よいか、長谷川どの。水沼家の留守居役本宮弥五郎《もとみややごろう》どのはわしも存じあげている。なにも、長谷川どのに頼むまでもない。だが、いちおう長谷川どのの顔を立てようと考えたまで。わしが青柳どのに本宮弥五郎どのを引き合わせる」

「…………」

「今後、長谷川どのとは縁を切らせてもらう。お奉行の指図も長谷川どのからは受け付けぬ。お奉行自身がわしに頼みに来ることだ」

清左衛門は憤然として言い、

「青柳どの、引き上げよう」

と、立ち上がった。

「待たれよ」

「話をすることはない。さあ、青柳どの」

「失礼します」

四郎兵衛に言い、剣一郎は清左衛門のあとを追った。

「宇野さま、よろしいのですか」

「かまわぬ。わしがいなければお奉行とて奉行所のことは何もわからないのだ。すぐに泣きついてくる」

年番方与力の宇野清左衛門は金銭や人事など一切を取り仕切っている。お奉行とて清左衛門の協力なくしては奉行所で仕事は何も出来ないのだ。

「長谷川さまは、宇野さまがここまでお怒りになられるとは思いもしなかったでしょう」

「たまにはいい薬だ」

与力部屋に戻ったとき、一番若い内与力がやってきた。

「宇野さま。長谷川さまから、水沼家の本宮さまに使いを出したそうです。しばらくお待ちくださいとのことです」

「効き目があったようだ」

清左衛門はほくそ笑んだ。

鉄砲洲の上屋敷までそれほどの距離ではない。四半刻（三十分）足らずで、使いの者が戻ってきたようで、さっきの若い内与力が与力部屋にやってきて、本宮さまが奉行所にお越しになられるそうですと伝えた。

奉行所に来てくれるのは好都合だった。上屋敷を訪問して話をきいてもどこまで答えてくれるかわからない。

さすが長谷川さまだと剣一郎は思った。


それから半刻（一時間）後、白根藩水沼家の留守居役本宮弥五郎が南町にやって来た。

内与力の用部屋の隣の部屋に赴《おもむ》くと、四郎兵衛が四十ぐらいの目尻の下がった武士と向かい合っていた。

「青柳どの。水沼家の本宮どのだ」

四郎兵衛が引き合わせた。

「本宮でございます。青柳どののご高名はかねがね耳にしております」

本宮弥五郎は如才《じょさい》がない。留守居役は幕府との公務の連絡や、情報収集のために各大名の留守居役と料理屋で酒を酌《く》み交わしている。

「わざわざお越しいただいて申し訳ありません」

「いや、長谷川さまの頼みとあらばどこにでも」

弥五郎は笑った。

「では、わしは下がるとする」

四郎兵衛は立ち上がり、

「青柳どの。宇野どのによしなに」

と声をかけて部屋を出て行った。

ふたりきりになって、剣一郎はさっそく切りだした。

「ずばりお訊ねいたします。今、水沼家ではお世継ぎのことでなにやら騒がしいことになっているのではないかと」

「…………」

弥五郎の顔から笑みが消えた。

「いかがですか」

「いや、そのようなことはありません」

「藩主高政公のご落胤が国表に向かわれたのではありませんか」

「…………」

弥五郎は顔色を変えた。

「ご落胤の名は清太郎ぎみ」

「どうしてそのことを」

弥五郎の声が上擦った。

「ちょっとしたことから清太郎ぎみと知り合いました。また、清太郎ぎみと恋仲の娘を知っているのです。清太郎ぎみのことを心配しています」

「そうですか」

「清太郎ぎみは江戸を発たれましたね」

「殿のお子であることがはっきりし、国表に向かわれました」

「しかし、その前日、寄宿していた寺に浪人たちが襲撃してきたそうですね」

「そこまで御存じで」

弥五郎は目を剝いた。

「この者たちは水沼家の方々に引き立てられていったようですが、誰に頼まれたのか聞き出せたのですか」

「いえ」

「口を割らないのですか」

「じつは逃げられました」

「逃げられた？」

「はい。清太郎ぎみを襲ったのではなく、金目的で押し入ったということで奉行所に引き渡すために上屋敷の外に連れ出したとき、逃げてしまったそうです」

「ほんとうに逃げたのですか」

「と仰いますと？」

「金目的で押し入ったということを信用したのですか。清太郎ぎみを襲うつもりだったのでは？」

「さあ、どうしてそういう判断になったのか私にはわかりません」

「誰が取り調べたのですか」

「………」

弥五郎は答えようとしなかった。

「何か差し障りでも？」

「そういうわけではないのですが」

「浪人を捕まえた方々は、逃げられたことに憤慨しているのではありませんか」

剣一郎は別のききかたをした。

「じつは捕えた者たちは国表から清太郎ぎみを迎えに来た警護の者たちです。次の日の早暁、清太郎ぎみとともに江戸を発ちました」

「では、浪人に逃げられたことを知らないのですか」

「そうだと思います」

「浪人の名や住まいなど問い質《ただ》したのですか」

「答えなかったそうです」

「妙ですね。上屋敷に浪人を雇った黒幕がいるのでは？」

「そんなことはありません」

弥五郎は否定したが、声に力はなかった。

「やはり、御家騒動があるのですね」

「そんな騒動というほどではありません」

弥五郎は苦しそうに言う。

「なぜ、今になって清太郎ぎみを呼び出すことになったのですか。後継ぎはいなかったのですか」

「じつは若君が亡くなってしまったのです」

弥五郎は暗い顔をした。

「若君が……。まだお若いでしょうに。死因はなんなのでしょうか」

「食中《しょくあた》りです」

「食中りですか？」

剣一郎は首を傾げた。

「それで清太郎ぎみが世継ぎに。それまではいろいろありましたが、清太郎ぎみが本物だとわかった時点で決着はついたのです。もはや、清太郎ぎみが世継ぎになることが決まったのです」

「しかし、清太郎ぎみを邪魔に思う輩がいるのは間違いないようですね。その者たちが道中を襲うことも考えられるのではありませんか」

「そのために屈強な侍が警護についています」

「やはり、その恐れを感じているのですね」

「………」

「ちなみに清太郎ぎみに反対するのはどういうお方ですか」

「そこはご容赦を。もう、いくら反対でも清太郎ぎみに決まったも同然ですので」

「今後、清太郎ぎみが危険に晒されるようなことはないのですね」

剣一郎は念を押した。

「はい。ありません」

「そうですか」

剣一郎は気づかれぬように落胆の溜め息をついた。弥五郎は肝心なことを言おうとしなかった。

無理もないかもしれない。御家の恥部を晒すことになるからだ。

「本宮どの。また何かあったらお話をお聞かせください」

そう言い、剣一郎は切りあげた。

弥五郎が引き上げたあと、剣一郎は長谷川四郎兵衛に礼を言った。

「おかげで本宮どのからお話をお伺いすることが出来ました」

「いや、なに」

四郎兵衛は渋い顔で答え、

「で、本宮どのから何を聞き出したのか」

と、探るようにきいた。

「長谷川さまは水沼家の御家の事情を何かご存じですか」

「今年の二月に世嗣の若君がお亡くなりになられ、藩主高政公も病床にあると聞いたが」

「世継ぎのことで揉《も》めてはなかったのでしょうか」

「いや、高政公の従兄弟に当たる義孝さまが継がれると聞いていたが。義孝さまは白根藩の支藩である梅津藩一万石の領主だそうだ」

弥五郎はそのことは口にしなかった。清太郎が現われた以上、あえて言うまでもないと思ったようだ。

「藩主高政公のご落胤のことはご存じですか」

「いや、知らぬ。そのような者がおるのか」

「はい。清太郎という若者です。本宮さまが仰るにはその者が正式に世継ぎに決まるはずだと」

「そうなのか。そこまでは聞いていなかった」

四郎兵衛は意外そうな顔をした。

「本宮どのは言えないことがあるようで、口を濁しています。水沼家に関する噂を聞いていないか、お奉行にお訊ねしていただけませぬか」

「水沼家に何かあるのか」

「じつは清太郎ぎみは橋場の願山寺に寄宿していましたが、そこを浪人たちが襲撃したそうです。狙いは清太郎ぎみに違いありません。この浪人たちは警護の侍に捕らえられましたが、その後逃げ出したそうです。清太郎ぎみの命を狙う者がいるのです。この浪人を雇った者が誰か、その手掛かりが欲しいのです」

「わかった。お奉行に訊ねておく。青柳どの、宇野どのへは頼んだぞ」

「わかりました」

「老獪《ろうかい》な御仁で、まったくやりにくい」

四郎兵衛は独り言のようにぶつぶつ言った。

剣一郎はそれから宇野清左衛門のところに寄った。

第四章　父子対面

一

七月五日に橋場の願山寺を出発し、千住宿を抜けた清太郎の一行は、その日は草加宿《そうかしゆく》に泊まった。翌日は利根川《とねがわ》を越え、三日目に宇都宮宿《うつのみやしゆく》まで行った。ここまでの十七宿は日光街道と同じだ。宇都宮で奥州街道と分かれる。奥州街道に入ると、木々の緑が街道の両側から迫ってきた。秋の気配が色濃かった。

江戸から二十二宿目の大田原《おおたわら》を過ぎると、長い上り坂になった。清太郎はもくもくと歩いた。

「清太郎ぎみ。お疲れでは？」

十兵衛が声をかけた。

「だいじょうぶだ。ただ」

はじめての旅で、道中はなにもかもが目新しく、疲れなど覚えなかった。だが、だんだん目的地に近づくにしたがい不安が芽生えてきた。

「私はやっていけるだろうか」

清太郎はきいた。

「心配いりません。ご家老の八重垣さまがついていらっしゃいます」

「向こうに着いたら十兵衛とは会えなくなるのか」

「そんなことありません。お呼びくだされば、すぐに駆けつけます」

「それを聞いて安心した。十兵衛だけが頼りだ」

白河《しらかわ》の関《せき》を抜けて、十日の昼過ぎに清太郎は陸奥国白根藩領内に到着した。

「ごらんください。白根城です」

十兵衛が立ち止まって言う。

「見事な」

清太郎は思わず口にした。白根城の天守が秋の陽射しを受けて輝いていた。自分がこの城の主《あるじ》になるという実感などまったく湧かない。ただ、江戸から遠く離れた寂しさに胸が締めつけられた。

「さあ。行きましょう」

十兵衛が促した。

お濠沿いを歩き、城門を入る。十兵衛が門を警護する侍に何か告げる。警護の侍ふたりが姿勢を正して清太郎を迎えた。

二の丸にある筆頭家老八重垣頼茂の屋敷に入った。

客間で床の間を背に待っていると、渋い感じの風格のある武士が入ってきた。

清太郎の前で平身低頭し、

「筆頭家老の八重垣頼茂でござる」

と、武士は名乗った。

「清太郎です」

清太郎も緊張して答える。

「よくご立派に成長されました」

頼茂は目を細めた。

「母御もよくここまで育て上げられた」

「母を御存じですか」

「知っています。若いころ、私は高政公とよくつるんで遊んでおりました。まあ、若気の至りというところです」

「母から、私の父が水沼家の高政公と聞き、信じられませんでした。いえ、今でもその日から今日まで、まるで夢の中にいるようで実感が得られません」

「そうでしょうな」

頼茂は静かに頷《うなず》く。

「清太郎ぎみと別れるとき、母御はいかがでしたか」

「母は気丈でした。母のことは忘れ、水沼家のために尽くせと」

「そうですか」

頼茂はふっと息を吐き、

「母御のことはご心配なさらぬように。暮らしが成り立つように援助をしていきます」

と、はっきり言った。

「いつか、会えるでしょうか」

「時がくれば、それも叶いましょう」

「もうひとつ」

お絹のことを口にしようとしたが、まだその時期ではないと清太郎は思い止まった。

「いえ、なんでも」

「……そうですか」

頼茂は改まり、

「明日、お父上と対面していただきます」

と、口にした。

「父上は病に臥《ふ》せっているとお聞きしましたが」

「もはや、清太郎ぎみを見ても何もわかりませんが、父子の対面だけはちゃんと済ませたく思います」

頼茂はそう言ってから、

「諸々のことは片岡十兵衛よりお聞きと思いますが、清太郎ぎみの後見は私が行ないます。何事にも私を頼るように」

「わかりました」

「お疲れでしょうから、お部屋にご案内いたしましょう」

頼茂は手を叩いた。

女中が襖《ふすま》を開けた。

「清太郎ぎみをお部屋に」

「はい」

女中は襖の外で畏《かしこ》まった。

「では」

一礼して、清太郎は立ち上がった。


清太郎が部屋を出て行ってほどなく十兵衛がやってきた。

「十兵衛、よくやってくれた」

頼茂は労《ねぎら》った。

「いえ。思った以上に母御が力になってくれました」

「そうか」

頼茂は目を閉ざした。

「さぞかし、清太郎を手放すことに葛藤があったことだろう」

母親に思いを馳せる。

「これも定めと」

「定めか」

頼茂は目を開け、

「よほど気丈な女子《おなご》であったな。それにしても、あれほど凜々《りり》しい若者に成長したこと、誠に感慨深い」

頼茂はしみじみ言う。

「ただ、気になることが」

十兵衛は表情を曇らせた。

「何か」

「清太郎ぎみには恋仲のお絹という女子がおります」

十兵衛はお絹について語った。

「清太郎ぎみは一年後に必ず迎えにくるとの約束をしておりました」

「約束か……」

頼茂は眉根を寄せ、

「一年の歳月は長いようで短いが、その間に心が他に動いてくれればいいのだが」

「忘れるには十分かと思いますが」

十兵衛は言う。

「うむ。ところで、願山寺で襲われたそうだな」

「御存じで」

「うむ。上屋敷から早飛脚《はやびきやく》がやってきた」

「そうですか。浪人が五人でした。備えておりましたので、難なく賊《ぞく》をとり押さえました。上屋敷のほうで誰に頼まれたかきき出していると思いますが」

「いや、逃げられたそうだ」

「逃げられた？」

十兵衛が呆《あき》れたような顔をした。

「逃がしたのであろう。江戸家老市原郡太夫が直々《じきじき》に取り調べをしたらしいからな」

「市原郡太夫が黒幕でしょうか」

「おそらくな。背後に老中飯岡飛驒守がいるから出来ることだ。それほどまでに将軍家から養子を迎えたいらしい」

「道中、常に怪しい人物がうろついていました。隙《すき》を見出せなかったのか、襲ってはきませんでしたが。ここにも刺客《しかく》が遣《つか》わされていると思われます」

「十分に注意をしよう」

早くことを進めねばならぬと、頼茂は丹田《たんでん》に力を込めた。

翌日、清太郎と藩主高政との対面の場が設けられた。だが、それは形式的なものだけだった。

重役らが見守る中、清太郎は寝所に入ってきた。

高政は寝たきりで意識もない状態だったが、頼茂は清太郎を高政の前に連れ出し、

「殿、清太郎ぎみでございます」

と、強引に引き合わせた。

「清太郎にございます」

清太郎は額《ひたい》を畳につけて挨拶《あいさつ》をした。

病床の高政は天井に顔を向けたまま何の反応も示さない。

「さあ、もそっとおそばに」

頼茂は清太郎に声をかける。

清太郎は病床近くまでにじり寄った。そして、顔を覗《のぞ》き込むように体を伸ばした。微《かす》かに、高政の顔が横を向いた。その口から涎《よだれ》が垂れた。

近習の者が急いで布を当てて拭き取る。

その後、高政はじっと清太郎を見つめているようだったが、言葉を発することはなかった。

「殿もおわかりになったようだ」

頼茂は強引に言った。

この一言で、その場に居並ぶ者も、高政が清太郎を認めたということになった。

その後、大広間にて家臣たちとの対面がなされた。一同は清太郎の凛とした姿に圧倒されたようだった。

清太郎にはうむを言わさぬほどの気品と風格があった。居並ぶ家臣たちは清太郎の挨拶に対して平伏した。


昼過ぎに、白根藩の支藩である梅津藩一万石の領主水沼義孝が挨拶に訪れた。

清太郎は父高政の従兄弟に当たる義孝と会った。四十歳前の穏やかな顔だちの男だった。父の面影があるかわからないが、父高政もこのようなお方だったのではないかと勝手に想像してみた。

「どのようなお方かと正直案じておりましたが、こうしてお目にかかり、ご立派な姿に安堵《あんど》いたしました」

義孝は鷹揚《おうよう》に言う。

「おそれいります」

清太郎は答える。

「これで水沼家も安泰でありましょう。たいへん喜ばしいことであります」

もし自分が現われなければ、この義孝が水沼家を継ぐことになったのだ。さぞかし複雑な思いでいるに違いないと思ったが、義孝からは敵意のようなものは感じられなかった。

「義孝さま。たいへん聞き難いことを無遠慮にお訊ねしてもよろしいでしょうか」

清太郎は迷いながら口にする。

「もちろんでございます」

義孝は微笑《ほほえ》みを浮かべた。

「もしお気に障りましたら、未熟者ゆえとご容赦《ようしゃ》ください」

「わかりました」

「私が現われなければ、水沼家を継ぐのは義孝さまだったとお聞きしました。義孝さまにとって私は邪魔な存在だったのではありませぬか」

「ここまではっきり訊ねられるとは予期していませんでした」

「申し訳ありません」

清太郎は頭を下げた。

「いえ、はっきりしてかえって気持ちがよいほどです」

義孝は言い、

「水沼家の存亡のとき、私で力になれるのなら水沼家を引き受けようと考えました。それは家老の八重垣どのから話があったからでもあります。ただ、私は今の暮らしに満足しており、強いて水沼家の当主になることを望んではおりませんでした」

「そうなのですか」

清太郎は意外そうにきく。

「ええ。そのうち、将軍家から養子を迎えるという話が出たとき、私は絶対に阻止したいと思い、自分が水沼家を継ごうという気持ちになりました。しかし、家中では将軍家と縁戚になることを歓迎する雰囲気が高まってきた。そんなときに、清太郎ぎみのことがわかったのです」

義孝は息を継ぎ、

「さっきも申しましたように水沼家の当主になる気はもともとなかったのですから、清太郎ぎみの登場は私にとっても歓迎すべきことでした」

「ほんとうですか」

半信半疑で、清太郎はきいた。

「本心です。ただ、清太郎ぎみが藩主たるにふさわしい人物かどうか、そのことが不安でした。正直申しますと、本日挨拶に伺ったのはそのことを確かめるためでした」

「………………」

「さきほども申しましたように、安堵した次第です」

「ありがとうございます」

清太郎は素直に頭を下げた。

「我らは支藩として本家を支えていく所存であります」

「心強い限りです」

清太郎は大いに喜んだが、一方で義孝はほんとうに本心を吐露しているのかという疑いを持った。

義孝と別れたあと、清太郎は八重垣頼茂を呼んだ。

「義孝さまとお会いいたしました。そのことで、お訊ねしたいのですが」

清太郎は切りだす。

「義孝さまに失礼ながら、私は邪魔な存在ではなかったのかとおききしました」

「なんと」

頼茂は苦笑し、

「義孝さまはさぞ驚かれたでありましょう。で、義孝さまはなんと？」

清太郎は義孝の発言をそのまま話した。

「果たして義孝さまのお言葉は本心なのかどうか。そのことに疑問を持ちました」

「なるほど」

頼茂は口元を綻《ほころ》ばせ、

「義孝さまはまさにそのようなお方です」

と、答えた。

「若君が食中《しょくあた》りでお亡くなりになったあと、義孝さまが毒を盛ったのではないかという噂が流れました。誰かが義孝さまを陥れようとついた嘘です。それを信じた者が義孝さまが後継となることに反対しましたが、あとになって噂の出所に想像がつきました」

「将軍家との縁戚を望む者たちですね」

「そうです」

頼茂はそう言い、

「義孝さまにはなんとしてでも本家の当主になろうという気持ちはありません。清太郎ぎみに話されたことは本心でありましょう」

「そうですか。少しでも疑って申し訳ないことをしました」

「いや、義孝さまが清太郎ぎみを認めてくださったこと、まことによございました」

頼茂は居住まいをただし、

「今後のことですが、これから幕府に対して清太郎ぎみを後継者とする旨の願《ねがい》書《しょ》を出すことになります」

「幕府といっても老中に出すのではありませんか。だとしたら、飛驒守さまは願書を受け取りましょうか。難癖をつけて……」

「他の老中方にもその旨を伝え、飛驒守さまが独断で始末しないように手配りをいたします」

「将軍さまにお目見得しなければならないとお聞きしましたが」

「さよう。上様《うえさま》に挨拶はしなければなりません」

「では、また江戸に戻るのですか」

「そうなりますが……」

「何か」

「江戸の上屋敷、下屋敷とも安全とは言い切れません。正式にお目見得が決まるまでこちらにて過ごしていただきます」

頼茂は厳しい顔で言う。

清太郎はさらなる危険が待っているような不安に襲われた。

二

秋の空は澄んでいて、風も爽《さわ》やかだが、なんとなく物悲しい風情だ。

剣一郎は橋場の願山寺に行った。山門をくぐって境内《けいだい》を見まわす。先日の寺男を探し、本堂の裏にまわる。

すると、墓地から箒《ほうき》を持った小柄な寺男が出てきた。

剣一郎に気づいて、寺男は足を止めた。

「あのあと、住職から話を聞いた」

「へえ」

寺男は軽く頭を下げた。

「もう何を話しても叱られぬ。どうだ、知っていることを話してくれぬか」

「知っているっていっても何もありませんが」

「なんでもいい」

「わかりやした」

寺男はこっくりと頷《うなず》いた。

「あの夜、厠《かわや》に行った帰り、覆面の賊が客殿のほうに行くのを見ました。客殿には訳ありな若者と母親、それに警護の侍がいました」

寺男は怯《おび》えたように続ける。

「そのうち、騒ぎが聞こえてきて。あっしは巻き添えにならないように、騒ぎが収まるまで小屋に隠れていました。知っているのはそれだけです」

「そうか。賊が引き立てられていくところは見ていないか」

「見ました」

寺男は思いだしたように、

「騒ぎが収まって様子を見に外に出たんです。そしたら、十人ぐらいの侍に囲まれて、縄を打たれた浪人が五人出てきました」

「浪人の顔を見たか」

「ひとりだけ。警護の侍の提灯《ちょうちん》の明かりに浮かんだのは巨軀《きょく》で岩のようなごつい顔をした男でした」

「巨軀か」

「はい。大男です」

「その男、もう一度見ればわかるか」

「わかると思います」

「その他に何か気づいたことはなかったか」

「いえ」

寺男はふと目を逸《そ》らした。

「何かまだあるのではないのか」

「いえ……」

寺男はもじもじしていたが、ようやく顔を上げた。

「じつは次の日、客人が寺を離れたあと、庭を掃除したのですが、そのとき根付を見付けました」

「根付？」

「白猿《しろざる》の根付です」

「それをどうした？」

「持っています」

「見せてくれぬか」

「はい。小屋に」

寺男は住まいの小屋に行き、すぐに戻ってきた。

「これです」

紋《もん》付き袴《はかま》の猿が歌舞伎《かぶき》の見得をきっている姿だ。まるで動き出すかのような精巧な作りだ。名のある職人の技に違いないと思った。

「侍か賊の浪人の誰かが落としたと考えたのか」

「へえ」

「浪人が持っているものとは思えないが。ちょっと預からせてもらおう」

「どうぞ」

寺男はおどおどした様子で差し出した。

「まだ、何か隠しているな」

「いえ……」

「あとでばれたらどうするつもりだ？」

剣一郎は強い口調になった。

「へえ、すみません。じつはそれを骨董屋《こっとうや》に持っていったんです。少しでも金になればと思って」

寺男は居心地悪そうに言う。

「そしたら、これは根付師嵐山《あらしやま》の作だと。十両は下らない。こんな高価なものをどうして持っているのだときかれたんです。亭主が疑い深そうな目を向けていたので、根付を取り返してすぐに退散しました」

「どこの骨董屋だ？」

「花川戸《はなかわど》にある『黄金屋《おうごんや》』という骨董屋です」

「わかった。借りて行く」

「へえ」

剣一郎は山門を出て、花川戸に向かった。『黄金屋』に入ると、薄暗い店内の正面に甲冑《かっちゅう》が見えた。古いものだ。

「いらっしゃいまし」

亭主らしい男が帳場格子の中から声をかけた。

「訊ねたいことがある。これを見てくれ」

剣一郎は根付を見せた。

「これは……」

「根付師嵐山の作だそうだが」

「はい。嵐山の作に違いありません。嵐山は動物と芝居とを組み合わせた作品が特徴ですから」

亭主は言ったあと、

「確か以前にこれを持ってきた男がいましたが」

「うむ、その男から預かってきたのだ。その者はこれを拾ったそうだ。持ち主を探したいのだが。これは嵐山から直《じか》に手に入れたものだろうか」

「いえ。嵐山は気難しい男で、商売っ気もないと言います。根付専門のお店かどこかの小間物屋からでしょう。浅草界隈では、阿部川町にある『香木堂』が嵐山のものを扱っているはずですが」

「なに、『香木堂』が」

「はい。どういうわけか、嵐山は『香木堂』には作品を納めているんです」

「そうか」

剣一郎は礼を言い、『黄金屋』を出た。


阿部川町の『香木堂』にやってきた。

剣一郎は中に入る。香が炷《た》かれていて、落ち着いた気分になれる。

「これは青柳さま」

主人の重吉が店に出ていた。

「ちょうどよかった。すまないがこれを見てくれ」

剣一郎は根付を見せた。

「これは……」

重吉が目を見開いた。

「これはどうなさったのでしょうか」

「ある男が拾ったのだ。ちょっと気になったので持ち主を調べている」

「そうですか」

「根付師嵐山の作だそうだな」

「はい」

「ここで売ったものか」

「さようです」

「誰に売ったのだ?」

「元鳥越町《もととりごえちょう》にある絵草紙屋の旦那です」

重吉は暗い顔をした。

「どうした?」

「じつは旦那は去年の暮れに辻強盗に遭って殺されかかったそうです。そのとき、財布を奪われて」

「なに、辻強盗?」

「はい。三月《みつき》ほど前に絵草紙屋の旦那がやってきて、また嵐山の根付を買い求めました。そのとき、辻強盗に襲われた話を聞きました」

「なんという絵草紙屋だ?」

「『亀屋《かめや》』です」

「ところで、どうしてここは嵐山の作品を売ることが出来るのだ？　嵐山は気難しい男だと聞いたが」

「それが、清太郎なんです」

「清太郎が？」

「清太郎が嵐山の作品を店に置きたいと言い出し、自分で嵐山のところに交渉しに行ったんです。最初はけんもほろろだったようですが、いつの間にか気に入られて」

「そうか。清太郎が……」

「はい」

「ところでお絹はどうだ？　清太郎がいなくなって落ち込んでいるのではないか」

「はい。今は『近江屋』の覚次郎さんと楽しくやっているようです」

「覚次郎と？　確かお絹は、清太郎が襲われたとき、覚次郎を疑ったこともあったな」

「はい。しかし、嫌っていたわけではありません。清太郎に心を奪われていただけで、清太郎がいなくなって覚次郎さんのよさがわかってきたのでしょう」

「そんなものか」

剣一郎は腑《ふ》に落ちなかった。

あくまでも重吉の印象であり、お絹の心をわかっているとは思えなかった。

四半刻（三十分）後、剣一郎は元鳥越町にある絵草紙屋『亀屋』にやってきた。下駄《げた》屋と煙草《たばこ》屋にはさまれた小店だ。店先に役者絵がいくつも下がっていた。

亭主らしい男が店番をしていた。四十前後の耳朶《みみたぶ》の大きな男だ。

「やっ、青柳さまで」

男は立ち上がって、

「何か拙《まず》い画でも？」

と、出し抜けにきく。

「枕絵のことを言っているのか。心配するな。別の用だ」

「そうですか」

男はほっとしたように溜め息をついた。

「何かやましいことがあるのか」

「滅相もない」

「亭主か」

「へえ、さようで」

「これを見てくれ」

剣一郎は根付を見せた。

「やっ、これは」

亭主は目を剝《む》いた。

「青柳さま。これをどこで？」

「ある浪人が落としたようだ。それを拾った者から預かった。そなたのものに間違いないか」

「ええ。間違いありません。辻強盗に盗られたんです」

「詳しく話してもらおうか」

「わかりました。どうぞ、お上がりください。店番は若い者と代わりますから」

そう言い、亭主は奥に声をかけ、若い男を呼び出した。

「店番を頼む」

「はい」

「どうぞ」

亭主は剣一郎を部屋に上げ、小部屋に通した。

差し向かいになってから、亭主は切りだした。

「去年の暮れに柳橋《やなぎばし》の船宿で遊んだ帰り、この近くの武家屋敷の脇からいきなり頬被《ほおかぶ》りをした浪人が現われ、抜き身を突き付け、金を出せと」

亭主はいまいましげに、

「賊はかなり凶暴そうで、身の危険を感じて財布を出したら、煙草入れも出せと。その煙草入れにこの根付がついていたんです。賊はそれを奪うと、鳥越《とりごえ》神社のほうに逃げて行きました。あっしは手も足も出なかったんですが、賊の顔や姿はしっかり目に焼き付けました」

「で、奉行所には届けたのだな?」

「はい、届けました。でも、賊は見つかりませんでした」

「そうか。では、今もわからないままか」

「いえ、私が三月かけてやっと見つけました」

「ほんとうか」

「でも、ほんとうにあのときの賊かどうか、確信がありません」

「どこの誰だ？」

　剣一郎はきいた。

「神田佐久間町《さくまちょう》一丁目のどぶ板長屋に住む三沢定九郎《みさわさだくろう》という浪人です」

と、亭主は口にした。

「三沢定九郎だな。あとはわしに任せておけ」

「はい。よろしくお願いいたします」

　剣一郎は『亀屋』を出て、神田佐久間町一丁目に向かった。


　どぶ板長屋の木戸を入った。井戸端で野菜を洗っている女に声をかけた。

「三沢定九郎という浪人の住まいはどこかな」

「一番奥です」

「そうか、今はいないか」

「いえ、さっき帰っていらっしゃいましたから」

「そうか」

　剣一郎は三沢定九郎の住まいに向かった。

　そこの腰高障子の前に立ったとき、いきなり戸が開いて三十過ぎと思える浪人と顔を合わせた。

「三沢定九郎どのか」

「そうですが」

「少し話がしたい。そこまでお付き合い願えないか」

「あなたは？」

剣一郎は編笠《あみがさ》を指で押し上げた。

「………」

定九郎は顔色を変えたが、

「水を汲《く》んでくるまでお待ちいただけますか」

と、落ち着いた声を出した。

「よかろう」

剣一郎は体をずらした。

定九郎は桶《おけ》を持って井戸に向かった。開けっ放しの戸口から食事の支度《したく》をする妻女の姿が見えた。

定九郎が水を汲んで戻ってきた。

土間に入り、水瓶《がめ》に水を移した。

それから妻女に断って外に出てきた。腰に刀を差していない。

長屋を出て、神田川の縁まで行った。

「これはそなたが落としたのではないか」

剣一郎は根付を見せた。

定九郎ははっとした顔をしたが、素直に頷いた。

「そうです」

「どこで落としたか見当がつくか」

「…………」

「どうだ？」

「つきます」

「どこだ？」

「…………」

「言えないのなら言ってやろう。願山寺だ」

定九郎は体をぴくりとさせた。

「願山寺で何があったのか教えてもらおう。徒党を組んで押し入ったことはわかっているのだ」

「…………」

「この根付が動かぬ証拠だ」

「はい」

頷いて、定九郎は観念したように続けた。

「仲間の五人で願山寺に押し入りました」

「なんのためだ?」

「寄宿している清太郎という男を殺すように命じられました」

「声をかけてきたのはどこの誰だ?」

「手拭いで頰被りをした遊び人ふうの男です」

「そなたたちは願山寺襲撃に失敗し、とり押さえられたな。そのあと、水沼家の上屋敷に連れて行かれた。それなのに、逃げだすことが出来た。上屋敷で何があったのだ?」

「何者かが逃がしてくれたのです」

「そなたを取り調べたのは誰だ?」

「名前は知りませんが、鋭い目つきの侍でした」

「取り調べで、清太郎ぎみを殺すためだと白状したのか」

「いえ。取り調べの侍は金を奪うために押し入ったと決めつけていました」

「なるほど」

やはり、上屋敷に黒幕がいるようだ。

「他の四人とは付き合いがあるのか」

「いえ、あれきりです」

「五人が誘いに乗ったのは金か」

「そうです。皆、金につられて……」

「だが、失敗した。金はどうなった？」

「手付けの一両だけもらいました」

「成功の暁には？」

「十両でした」

「その根付はどうやって手に入れた？」

「………」

定九郎は川に目を向けた。

川舟がゆっくり上って行く。孤《こも》に包まれた荷物を見て、川に浮かんでいた浪人の死体を思いだした。

「辻強盗を働いたな」

剣一郎は問い詰《つ》めた。

定九郎は川舟を目で追いながら、

「どうしても十両が必要だったのです。博打ですってしまって……」

「その他にもやっているのか」

剣一郎はきいた。

「いえ、一度きりです。ほんとうです」

定九郎は振り向いて言う。

「これから自身番まで来てもらう」

「わかりました」

定九郎は大きくため息をついた。

「そなた、浪人が菰に巻かれて川に棄てられていた事件を知っているか」

と、剣一郎は改めて定九郎にきいた。

「はい」

「白い髭を生やした浅黒い顔の修験者《しゆげんじや》に声をかけられて、何かに誘われたようだ。そなたは声をかけられたことはないか」

「いえ」

　定九郎は否定したあと、

「ただ、妙なことが」

　と、思いだしたように切りだした。

「ひと月ほど前、口入れ屋から世話をしてもらった用心棒の仕事を済ませての帰り、柳原の土手に差しかかったところで饅頭笠《まんじゅうがさ》に裁《た》っ着《つ》け袴《ばかま》の武士に斬りつけられました」

「饅頭笠に裁っ着け袴の武士？」

「はい。私も刀を抜いて応戦しましたが力及ばず、川っぷちまで追い詰められました。もはや、これまでと思ったとき、相手はふいに刀を引き、そのまま逃げるように去って行ったのです」

　定九郎は眉根を寄せて、

「人が通りがかったのかとも思ったのですが、誰もいませんでした」

「そなたはどう思ったのだ？」

「人違いかと。私を追い詰めたとき、別人だと気づいたのではと」

　定九郎は自分の想像を話し続けた。

「つまり、饅頭笠の侍は標的の浪人を始末しようとしているのではないかと思いました」

「なるほど」

いや、違う。饅頭笠の侍は定九郎の腕をためしたのではないか。そうだとしたら、饅頭笠の侍は白い髭の修験者の仲間という可能性もある。

新たな饅頭笠の侍の出現に、剣一郎はますます事件の奥深さを感じていた。

三

ふつか後。川から引き上げられた亡骸に朝陽が当たっている。菰に巻かれて川に棄てられていたのは細面の浪人だった。

神田川の新《あたら》シ橋《ばし》の近くだった。

「死んでだいぶ経《た》っていますね」

京之進が足元の亡骸を見ながら言う。

「半月は経っているかもしれぬ」

剣一郎は言い、

「これで五人か」

と、憤然と呟《つぶや》いた。

「舟の目撃者はまだいないのか」

「夜更けに川舟が走っているのを見ていた者がおりますが、船頭の顔は見ていません。それに、その舟の者が死体を棄てたかどうかわかりません」

「死体の発見が遺棄から数日後なので、舟を特定しづらい。逆に言えば、そのために死体を川底に沈めているのかもしれぬ」

「いったい舟はどこから来ているのでしょうか」

京之進はいまいましげに言う。

「そここそ、殺しがあった場所だ」

そこで浪人の亡骸を菰にくるみ、舟であちこちに運んで棄てているのだ。

「想像でしかないが、どこかの武家屋敷か大店《おおだな》の寮など、他人の目に触れない閉ざされた場所で斬り合いがあったのではないか。それも、川沿いの屋敷だ。すぐに舟に運べるところだ」

「深川の小名木川《おなぎがわ》や竪川《たてかわ》などの川沿いには下屋敷が並んでいますが、亡骸が見つかったのは大川よりこちらですね」

「そうだ。大川を横断してくることはまず考えられぬ。あっちのほうがまだ死体を隠す場所には困るまい」

「それこそ大川に棄ててもいいわけですから」

京之進が言う。

「ともかく、この浪人の身許だな」

「はい」

「それから新しくわかったことがある。詳しい経緯はあとで話すが、饅頭笠に裁っ着け袴の武士が浪人の腕試しをしているようだ」

「腕試しですか」

「おそらく饅頭笠の侍に負けるような浪人は用がないのだ。殺された五人の浪人たちの周辺に饅頭笠の侍が現われたかどうか調べてみてくれ」

「わかりました」

剣一郎はその場を離れた。

太助が横に並んだ。

「太助、新兵衛に饅頭笠の侍のことを知らせるのだ」

「わかりました」

作田新兵衛を浪人に化けさせて半月近く経つが、まだ動きはない。半月では敵が食いついてくる可能性は高くない。

しかし、手掛かりはまったくなく、新兵衛を頼りにするしかなかった。

作田新兵衛が宇野新兵衛の名で小舟町一丁目の長屋に住んで半月近く経った。月代《さかやき》も伸び、不精髭を生やし、よれよれの袴を穿《は》いている。

朝飯を食べたあと、刀を持って土間を出る。

五つ（午前八時）を過ぎていて、すでに長屋の男連中は仕事に出かけたようだ。

「宇野さん、今日は遅いんですね」

井戸端にいた女が声をかけた。

「昨日で仕事は終わった。また『大黒屋』に行って、新たな仕事を探すところだ」

新兵衛は苦い顔をして言う。

「行ってらっしゃいな」

女の声を背中に聞いて、新兵衛は木戸を出た。

新兵衛は妻の初枝に、ひと月ほど留守にすると伝えた。今は隠密同心という役目を理解してくれているが、隠密同心に抜擢《ばってき》された当初からしばらくはぎくしゃくしていた。役目に入れば何日も家に帰らないことがある。

武家屋敷に中間《ちゅうげん》に化けてもぐり込んだときには半年も家に帰らぬこともあり、また地方に探索に行くときも何か月も留守にした。

大伝馬町にある口入れ屋の『大黒屋』の土間に入った。正面に亭主が小机を前に、座っていた。

「これは宇野新兵衛さま」

亭主が微笑んだ。

「昨日までの用心棒は歯ごたえがなかった。ちょっとぐらい危険でもいいからもっと実入りのいい仕事はないか」

「さようでございますか」

亭主は台帳をめくっていたが、ふと顔を上げ、

「危険というのは、場合によっては命を失ってもいいということで?」

と、確かめた。

「もちろんだ」

「ないことはないのですが」

「あるならもったいぶらずに世話しろ」

「ただ、これは裏の世界の仕事になります」

「裏の世界だと。まさか、押込みの仲間に入るということか」

「とんでもない。そんなことをしたら、こっちまで火の粉を被りかねません」

「法を犯すものではないのだな」

「まあ、そうです」

「ならいい。紹介してもらおう」

「紹介いたしますが、採用するかどうかは先方が決めることになります」

「わかった。どこに行けばいい」

「これは特別でして、先方から宇野さまに接触してきます」

「先方から？」

「はい。よろしければ宇野さまのお住まいを先方にお教えしますが」

「なるほど。向こうが俺のことを調べてからというのだな」

「はい」

「面白い。いいだろう」

「お住まいは小舟町一丁目の万太郎店《まんたろうだな》でよろしいですね」

「そうだ。頼んだ」

新兵衛は外に出た。

ぶらぶら歩いていると、後ろから追い抜いて行った男がいた。太助だった。

太助は伊勢町《いせちょう》堀《ぼり》に向かった。鰹節《かつおぶし》や海苔《のり》などの乾物を扱う問屋の土蔵が並ぶ塩河岸《しおがし》を過ぎて、道浄橋《どうじょうばし》の近くの堀際にある柳の脇に立った。

新兵衛もそのほうに歩いていく。堀には荷を積んできた舟がたくさん入って賑やかだった。

新兵衛は太助の横に立った。

「饅頭笠に裁っ着け袴の侍が浪人の腕試しをしているようです。白い髭の修験者の仲間かもしれません」

堀に顔を向けたまま言い、太助は踵《きびす》を返した。

新兵衛はしばらく佇《たたず》んでいた。やはり、腕試しをして選りすぐっていたのだ。そんなに腕の立つ浪人を集めて何をするつもりか、皆目見当もつかない。口入れ屋が世話をしてくれる仕事をこなし、相手に目をつけてもらうしかなかった。

しばらくして、新兵衛は長屋に帰った。

夕方になって、新兵衛は長屋を出て、隣町にある呑み屋の暖簾《のれん》をくぐった。

「いらっしゃいませ」

小女が甲高い声を出した。

新兵衛は小上がりに座ると、小女に酒を頼んだ。

荷役の男らしい肩の盛り上がった三人連れと職人体の男がふたり、すでに酒を呑んで大声で話している。

酒が運ばれてきた。湯呑みをもらい、そこに酒を注いで呑む。しばらく呑んでいると、戸口に遊び人ふうの男が立った。三十半ばと思える鋭い顔つきの男だ。

店の中を見まわして、新兵衛に目を向けた。新兵衛は気づかぬ振りをした。

ふと気配が消え、戸口を見ると男の姿はなかった。おそらく、この間にも長屋で聞込みをして新兵衛のことを調べているのだろう。

徳利を空けて、新兵衛は引き上げた。

長屋木戸を入って自分の家に向かった。腰高障子を開けようとしたとき、隣の部屋から小肥りの女が出てきた。大工のかみさんだ。

「宇野さま」

かみさんは気安く声をかけてきた。

「なにかね」

「さっき、変な男が宇野さんのことをききにきましたよ」

「変な男？」

「遊び人みたいないかつい顔をしていたわ」

「いくつぐらいだ？」

「三十半ばぐらいかしら。浅黒い顔の男よ」

「何をきいていたんだね」

「いつからこの長屋にいるのかとか、誰か訪ねてくる者はいたかとか」

「そうか。わかった」

新兵衛は戸を開けて土間に入った。

部屋に上がって、見まわしたが、何者かが侵入した形跡はなかった。

それから四半刻（三十分）後、戸を叩く音がした。

「誰だ？　入れ」

新兵衛は声をかける。

静かに戸が開いた。

「夜分に恐れいりやす」

いかつい顔の男が土間に入ってきた。

「あっしは助三《すけぞう》と申しやす。『大黒屋』の亭主から聞いてやってきました」

「『大黒屋』からか。まあ、そこに座れ」

「へえ」

助三は腰をおろした。三十半ばか、浅黒い顔の男だ。隣のかみさんが言っていた男かもしれない。

「仕事を持ってきたのか」

新兵衛はきいた。

「へえ、宇野さまはどんな危険な仕事でも構わないとお聞きしましたが」

「ああ。あくまでも剣での話だ。それから、法に触れるのは性に合わぬ。町方と関わりたくないのでな」

「堅気の衆に迷惑をかけることはありませんので」

助三は言い、

「剣の腕には自信がおありのようで？」

と、確かめた。

「いささかはな」

新兵衛は口元に笑みを浮かべ、

「用心棒をして金を得ていたが、たいしたことのない警護ばかりで実入りもよくない。それで、少しぐらい危険でも金になる仕事を探していた」

「『大黒屋』の亭主は宇野さまの腕前は保証すると言ってました」

「あの亭主がどの程度、見る目があるかわからぬがな」

「お願いできますか」

助三はきいた。

「いくらだ?」

「前金で一両、ことがなったあとに十両差し上げます。それも一夜だけの仕事です」

「一夜で十両か。悪くないな」

「へえ」

「で、何をやるんだ?」

「まあ、そのときになって」

「まだ言えぬか」

「申し訳ありません」

「だいたいのところは言えるだろう。聞いたからって怖《お》じけづくものではない」

新兵衛は口を割らせようとした。

「相手は何人ぐらいだ？」

「へえ、十人ほど。腕の立つ浪人が三人仲間にいます」

「なるほど。で、おまえたちは？」

「ふたりです。宇野さまを入れて三人」

「ずいぶん無茶だな」

「へえ。ですから宇野さまの腕だけが頼りでして」

「その連中から金を横取りでもするのか？」

「…………」

「図星のようだな」

「恐れ入ります」

「で、いつだ？」

「明後日か、明々後日」

「なぜ、わからぬのだ」

「状況を見ないと……」

「状況となな。まあ、いい」

「では、これを」

助三は一両をとりだした。

「うむ」

新兵衛は手を伸ばした。

「じゃあ、よろしくお願いいたします」

助三は立ち上がった。

新兵衛は助三が出て行くのを見送った。法に触れないと言うのは、相手も悪い連中だからだろう。

賭場《とば》に踏み込んで上がりを奪おうということかもしれないと思った。せいぜい暴れて、白い髭の修験者の耳に入るようにするだけだと、新兵衛は逸《はや》る気持ちを抑えた。

四

仲秋だが、江戸より季節は早くめぐってきている。朝晩は肌寒いときもあった。

清太郎が陸奥国の白根にやってきて半月以上経った。母はどうしているだろうか。頼茂は不自由ない暮らしが送れるようにしてあるというが、今どこでどんな暮らしをしているかは教えてもらっていない。

将軍に拝謁《はいえつ》することになれば江戸に向かう。そのときには母に会えるだろうか。そして、もうひとりお絹だ。

お絹は自分を待つと言ってくれた。清太郎も迎えに行くと約束した。お絹に無性に会いたくなった。

庭から若々しい声がした。

「清太郎ぎみ」

清太郎は立ち上がって障子を開けた。

八重垣頼茂の長子勝一郎が庭先に立っていた。

「これから城下に行ってみませんか」

「しかし、外出は差し控えるように言われているのだ」

この城下にも刺客が侵入しているかもしれないのだ。

「でも、ずっと屋敷の中にいては息が詰まるでしょう。気晴らしに行きませんかか。まだ、ご城下をご覧になっていないでしょう」

「そうだな」

清太郎はかねてから秘めていた思いを口にした。

「勝一郎どの。じつは行きたい場所がある」

「どこですか」

「立花町にある料理屋『月の家』だ」

「『月の家』？」

勝一郎は困惑した表情で、

「どうして、『月の家』に？」

と、きいた。

「若き日の母と父のことを知りたいのだ」

父高政は『月の家』で母と知り合い、母は清太郎を産んだのだ。そのときの話は頼茂から聞いているが、母側の者からも聞いてみたいと思っていた。

「どうした？」

押し黙っている勝一郎に声をかける。

「父から……」

「止められているのか」

「はい。『月の家』に行きたいと仰《おつしや》られるかもしれないが、押し止めよと」

「なぜか」

「若君が行くような場所ではないからです」

「しかし、父も頼茂も若いとき、そこで遊んでいたのではないか」

「でも」

「わかった。そなたが行かぬなら私ひとりで行く」

「そんな、無茶です」

「そなたが誘ったのだ」

「私は『月の家』には誘っていません」

「そなたが誘ったからその気になったのだ。『月の家』に行こう」

「わかりました。私とふたりで行ったら、あとで父から叱られます。片岡十兵衛どのにお付き合いいただきましょう」

勝一郎は庭の隅で掃除をしていた下男のところに行き、何事か囁《ささや》いて戻ってきた。

「十兵衛どのに言伝《ことづて》をたのみました」

「よし、行こう」

「はい」

勝一郎は腹を括《くく》ったように返事をした。

南の城門から外濠を出ると、両替屋や呉服屋、酒問屋などの大店が立ち並ぶ高《たか》砂町《さごちょう》になる。そこの広場には高札場《こうさつば》がある。今は新しいお触れはないのか、ひとびとは素通りしている。

清太郎と勝一郎は町筋を過ぎ、お濠から流れている鈴白川《すずしらかわ》に出て、川沿いを西に向かうとやがて料理屋が見えてきた。

その店の前にある柳が風にかすかにそよいでいた。

「ここです」

薄紅色の長暖簾をかきわけて、勝一郎が先に入る。清太郎も続く。一階の大広間のあちこちで客が女中を相手に呑んでいた。

「これは勝一郎さま」

番頭が飛んできた。勝一郎から清太郎に目を向けて不審そうな顔をした。

「部屋は空いているか」

勝一郎が声をかけると、番頭はあわてて、

「はい。ご用意できます」

と言い、奥に声をかけた。

「はい」

と大きな返事がして派手な着物の女中がやってきた。

「どうぞ」

女中が幅の広い階段を上がって二階の部屋に招じた。

八畳ほどの広さで、窓の下に鈴白川が見える。

「いらっしゃいませ」

女中は挨拶をし、

「勝一郎さま、お久しぶりです」

と、微笑んだ。

「うむ、お初《はつ》どのです」

勝一郎は紹介し、すぐに清太郎のことを、

「従兄弟《いとこ》です」

と言い、身分を隠した。

「お酒を」

勝一郎が言うと、清太郎は続けて、

「女将さんを呼んでもらえませんか」

と、頼んだ。

「わかりました」

お初が部屋を出て行った。

「ここにはよく来るのか」

「父とたまに」

それからお初と新たに若い女中もいっしょになって酒肴《しゅこう》を運んできた。

「どうぞ」

若い女中が清太郎に酌《しゃく》をする。

ふたりとも純朴そうで、江戸の女たちとどこか違うようだった。

しばらくして、女将がやってきた。五十年配のふくよかな顔の女だ。

「若さま、いらっしゃいませ」

「若さまなんてよしてくれ」

「そうでございますか」

女将は軽くあしらうように言ってから、清太郎に目を向け、

「清太郎ぎみですね」

と、言った。

「どうしてわかったのですか」

勝一郎がきく。

「それはわかります。気品がおありですから」

女将は答え、

「それに大目付の石川さまが当時のことをさんざん調べていきましたから」

願山寺で尋問を受けた、大目付石川鉄太郎の太い眉と鋭い眼光を思いだす。

「女将さん。父と母のことを教えていただけませんか。若いころのふたりについて知りたいのです」

清太郎は頼んだ。

「お里さんは器量がよく、気立てもいいので人気者でした。小太郎さまがお里さんを気に入り、よく座敷に呼んでいました」

「母は父が藩主の子だと知っていたのですか」

「知りません。隠れて遊びにきていたのですから。私もまさか高政さまだとは想

像もしていませんでした。ただ、藩の重役の子息だろうという認識でした」

「母はどうしてここで働くようになったのですか」

「あのころは凶作が続き、村の暮らしは苦しかったそうです。一家の暮らしを立てるために、町に働きに出たのです。そういう娘さんはたくさんいましたよ」

「そうですか」

「ここから少し裏手に行けば女郎屋が並んでいます。女郎に身を投じる娘も少なくなかったですから。うちは器量のいい娘しかとらなかったんですよ。中でも、お里さんは一番でした」

「そうですか」

清太郎は若き日の母を思い描きながら、

「で、母は身籠もってここを辞めたのですね」

「そうです。お里さんは実家の山森村に帰ったのです。でも、その後、なんの知らせもありませんでした」

「ええ。母は相手が藩主の若君と知って、何かあるといけないと思い、私を産んだあと、実家を出たそうです」

「そうだったようですね」

女将は頷いた。

「お里さんはお元気ですか」

「はい、元気です。でも、気丈にしていますが、突然、私が水沼家に呼び出されたことではかなり苦しんでいたようです」

「そうでしょうね」

女将は言い、

「お里さんはどうしていっしょにここに来なかったんでしょう。お会いしたかったのに」

と、残念そうに言った。

「母はここに何年いたのでしょうか」

「二年です」

「二年ですか」

「ここで働くようになったことがお里さんの運命を変えたのです。小太郎さまと出会わなかったら、お里さんには別の生き方があったでしょう」

「別の生き方？」

「お里さんは人気者でした。嫁にしたいという商家の若旦那も何人かいました。

小太郎さまと出会わなければ、商家に嫁入りをして、内儀《おかみ》としてこの地で暮らしていたかもしれません」

母にとってはそのほうが仕合わせだったかもしれない。夫とも子どもともいっしょに暮らせたはずだ。そう思うと、母の生きざまが切なくなった。これも定めというしかなかった。

なんだかやりきれなくなった。

「女将さん、話を聞かせてくれてありがとうございます」

清太郎は言い、

「行こう」

と、いきなり立ち上がった。

「もう、お帰りですか」

女将が驚いてきく。

「すみません」

清太郎が部屋を出ると、あわてて勝一郎が追ってきた。

山の端《は》に陽が沈んでいく。鈴白川沿いを無言で歩いた。勝一郎も黙ってついてくる。父高政との出会いが母の運命を変えてしまったことに、改めて気づかされる。

前方から手拭いを吉原《よしわら》被りにし、唐草模様の風呂敷包みを背負った薬売りのような男が歩いてきた。かなり足早だ。

気のせいかその男がこっちに向かってくるような気がした。清太郎はおやっと思った。次の瞬間、その男が匕首《あいくち》を抜き、突進してきた。

清太郎は身をかわしながら相手の腕を摑《つか》んで投げ飛ばした。相手は倒れたが、すぐに立ちあがった。

「何奴だ」

勝一郎が清太郎をかばうように前に出た。

「いけない。私に任せろ」

清太郎は与助から子どものころに剣術、柔術を習った。与助がいなくなったあとも、近所に住んでいた浪人からも剣を習った。『香木堂』に奉公に上がってからも、庭に出てひとりで稽古をしてきた。

賊は匕首を構えた。

旅装の男が近づいてきた。商人ふうの格好だが、いかつい顔をしている。いきなり、道中差しを抜いて、清太郎に迫った。

清太郎は身構えた。そのとき、疾風のように走ってきた男がいた。

「待て」

十兵衛だった。

「おまえたち、江戸からか」

十兵衛は抜刀した。

旅装の男は数歩下がった。

「江戸家老の手の者か」

十兵衛は剣を突き付けた。

「退け」

旅装の男が踵《きびす》を返し、匕首の男も逃げだした。

「清太郎さま。出歩くのは危のうございます」

十兵衛が叱るように言う。

「わかっている。だが、いつまでじっとしていればいいのか」

清太郎は呟いた。

夕方、八重垣頼茂は本丸御殿から家老屋敷に戻った。すると十兵衛が来ているという。

頼茂はすぐに客間に行った。

十兵衛が平伏した。

「何かあったか」

「はい。昼間、清太郎ぎみが勝一郎どのと『月の家』に行きました」

「なに、『月の家』に？」

「はい。その帰り、何者かに襲われました」

頼茂は十兵衛からことの顚末《てんまつ》を聞いた。

「襲った者は刺客とは思えぬ」

頼茂は言い切った。

「清太郎ぎみが『月の家』を訪れたのは前もって計画されていたものではない。待ち伏せなど出来ないはずだ」

「でも、襲撃があったのは事実です」

十兵衛が言う。

「たまたま見かけ、千載一遇の機会だとして急遽《きゅうきょ》襲うことにしたのではないか」

「では、どうしてあの場所に敵の者がいたのでしょうか」

「うむ」

　頼茂は深刻な顔で唸った。

「何か」

「後継の願書を出してからいまだに幕府から返事がない。飛驒守が押さえているのに違いない」

「清太郎ぎみを後継だと認めないということですか」

「引き延ばしを図っているのであろう」

「その間に、清太郎ぎみの暗殺を？」

「いや、違う」

　頼茂は首を横に振り、

「もしや、飛驒守は……」

　と、呟いた。

「もしや、なんですか」

「十兵衛、すまぬが山森村のお里どのの実家に行ってもらいたい。最近、お里どののの行方を訊ねて誰か来なかったか、調べてくるのだ」

「お里どのの身に危険が？」

十兵衛が身を乗り出した。

「いや。そうではないが」

頼茂が答えたとき、若党がやってきた。

「梅津藩のご家老さまがお見えになりました」

「なに、ご家老だと」

頼茂は胸騒ぎがした。

「では、私はこれで」

「十兵衛、闘いはこれからだ」

頼茂はそう言い、部屋を出て行く十兵衛を見送った。

入れ代わるようにして支藩の梅津水沼家の家老　轟《とどろき》　彦右衛門《ひこえもん》がやってきた。

「これは轟どの。いかがなさった？」

頼茂はきいた、

「八重垣さま。殿の命で参りました」

彦右衛門は強張《こわば》った声で続けた。

「江戸家老市原郡太夫どのより殿に文が届きました」

「市原どのの文ですと」

　頼茂は厳しい顔になって、

「して、なにが？」

と、彦右衛門の苦渋に満ちた顔を見つめた。

「筆頭家老八重垣頼茂は偽のご落胤《らくいん》を擁立し、水沼家の乗っ取りを図っていると」

「市原郡太夫がそのようなことを……」

　頼茂は顔をしかめた。背後に老中飯岡飛驒守がいるのだ。

「市原どのは何を根拠にそのようなことを？」

「文にはいくつか理由が書いてあったそうです。そのうえで、梅津水沼家と江戸家老の両面から老中に訴えようというのです」

「義孝さまはなんと？」

「混乱しています」

「私を信じていないということですか」

「いえ、そういうわけでは。ただ、八重垣さまの弁明を聞いた上で、市原郡太夫どのに返事をするそうです」

「…………」

　頼茂は腕組みをして目を閉じた。

　しばらくして目を開けた。

「私の弁明を聞いても、おそらくすっきりしますまい。仕方ありません。どうぞ、義孝さまにおかれても老中に訴えを起こされますように」

「弁明をしないのですか」

「しても無駄です。こうなれば評定所で決着をつけるしかありませぬ。どうぞ、義孝さまには市原郡太夫の望みどおり訴えを」

「…………」

「この八重垣頼茂。受けて立ちまする」

　頼茂は悲壮な覚悟で言った。彦右衛門は頼茂の形相に圧倒されたように言葉を失っていた。

一〇〇字書評

切り取り線

購買動機（新聞、雑誌名を記入するか、あるいは○をつけてください）

□（　　　　　　　　　　　　　）の広告を見て
□（　　　　　　　　　　　　　）の書評を見て
□ 知人のすすめで　　　　□ タイトルに惹かれて
□ カバーが良かったから　　□ 内容が面白そうだから
□ 好きな作家だから　　　　□ 好きな分野の本だから

・最近、最も感銘を受けた作品名をお書き下さい

・あなたのお好きな作家名をお書き下さい

・その他、ご要望がありましたらお書き下さい

住所	〒				
氏名		職業		年齢	
Eメール	※携帯には配信できません		新刊情報等のメール配信を 希望する・しない		

この本の感想を、編集部までお寄せいただけたらありがたく存じます。今後の企画の参考にさせていただきます。Eメールでも結構です。

いただいた「一〇〇字書評」は、新聞・雑誌等に紹介させていただくことがあります。その場合はお礼として特製図書カードを差し上げます。

前ページの原稿用紙に書評をお書きの上、切り取り、左記までお送り下さい。宛先の住所は不要です。

なお、ご記入いただいたお名前、ご住所等は、書評紹介の事前了解、謝礼のお届けのためだけに利用し、そのほかの目的のために利用することはありません。

〒一〇一－八七〇一
祥伝社文庫編集長　清水寿明
電話　〇三（三二六五）二〇八〇

祥伝社ホームページの「ブックレビュー」からも、書き込めます。

www.shodensha.co.jp/bookreview

祥伝社文庫

約束《やくそく》の月《つき》（上） 風烈廻《ふうれつまわ》り与力《よりき》・青柳剣一郎《あおやぎけんいちろう》

令和 4 年 7 月 20 日　初版第 1 刷発行

著　者　小杉健治《こすぎけんじ》

発行者　辻　浩明

発行所　祥伝社《しょうでんしゃ》

東京都千代田区神田神保町 3-3
〒 101-8701
電話　03（3265）2081（販売部）
電話　03（3265）2080（編集部）
電話　03（3265）3622（業務部）
www.shodensha.co.jp

印刷所　堀内印刷

製本所　ナショナル製本

カバーフォーマットデザイン　中原達治

Printed in Japan ©2022, Kenji Kosugi　ISBN978-4-396-34826-7 C0193

祥伝社文庫の好評既刊

祥伝社文庫の好評既刊

小杉健治
生きてこそ
風烈廻り与力・青柳剣一郎(52)

言葉を交わした者は絶命する……人を死に誘う、〝死神〟の正体は？ 剣一郎が世間を揺るがす不穏な噂に挑む。

小杉健治
寝ず身の子
風烈廻り与力・青柳剣一郎(53)

十年前に盗品を扱った罪で潰され、離散した反物問屋の一家に再び災難が……。 復讐劇の裏にある真相を暴く！

小杉健治
鼠子待《ねこま》の恋
風烈廻り与力・青柳剣一郎(54)

迷宮入り事件の再探索をまかされた剣一郎。調べを進めると、意外な男女のもつれが明らかに。

小杉健治
恩がえし
風烈廻り与力・青柳剣一郎(55)

一家心中を止めてくれた恩人捜しを請け負った剣一郎。男の落ちぶれた姿に一体何が？

小杉健治
隠し絵
風烈廻り与力・青柳剣一郎(56)

宝の在《あ》り処《か》か、殺人予告か、それとも――？ 見知らぬ男から託された錦絵の謎。そこに描かれた十二支の正体とは？

小杉健治
一目惚《ひとめぼ》れ
風烈廻り与力・青柳剣一郎(57)

忍び込んだ勘定奉行の屋敷で女に惚れた亀二は盗人から足を洗うが、剣一郎に怪しまれ……。

祥伝社文庫の好評既刊

あさのあつこ　天を灼《や》く

父は切腹、過酷な運命を背負った武士の子は、何を知り、いかなる生を選ぶのか。青春時代小説シリーズ第一弾！

あさのあつこ　地に滾《たぎ》る

藩政刷新を願い、追手の囮となるため脱藩した伊吹藤士郎。異母兄と共に江戸を目指すが……。シリーズ第二弾！

あさのあつこ　人を乞《こ》う

政の光と影に翻弄された天羽藩上士の子・伊吹藤士郎と異母兄・柘植左京。父の死を乗り越えふたりが選んだ道とは。

あさのあつこ　にゃん！　鈴江三万石江戸屋敷見聞帳

町娘のお糸が仕えることになったのは、鈴江三万石の奥方様。その正体は……なんと猫!?

有馬美季子　食いだおれ同心

食い意地の張った同心と、見目麗しき世直し人がにっくき悪を懲らしめる痛快捕物帳！

有馬美季子　つごもり淡雪そば　冬花《ふゆか》の出前草紙

一人で息子を育てながら料理屋〈梅乃〉を営む冬花。ある日、届けた弁当に毒を盛った疑いがかけられ……。

祥伝社文庫の好評既刊

五十嵐佳子
女房は式神《しきがみ》遣い！
あらやま神社妖異録

町屋で起こる不可思議な事件。立ち向かうは女陰陽師とイケメン神主の新婚夫婦。笑って泣ける人情あやかし譚。

五十嵐佳子
女房は式神《しきがみ》遣い！　その2
あらやま神社妖異録

衝撃の近所トラブルに巫女の咲耶と夫で神主の宗高が向かうと、毛並みも麗しい三頭の猿が出現し……。

辻堂　魁
神の子
花川戸町自身番日記

浅草花川戸の人情小路に暮らす人々の健気で懸命な姿を、自身番の書役可一の目を通して描く感涙必至の時代小説。

辻堂　魁
女房を娶《めと》らば
花川戸町自身番日記

夫を想う気持ちは一所懸命――大切な人を健気に守ろうとする妻たちを描いた至高の時代小説。

馳月基矢
伏竜《ふくりよう》
蛇杖院《じやじよういん》かけだし診療録

「あきらめるな、治してやる」力強い言葉が、若者の運命を変える。パンデミックと戦う医師達が与える希望とは。

馳月基矢
萌《もゆる》
蛇杖院《じやじよういん》かけだし診療録

因習や迷信に振り回され、命がけとなるお産に寄り添う産科医・船津初菜の思いと、初菜を支える蛇杖院の面々。